皇太子殿下の秘密の休日

身代わりの新妻とイチャイチャ逃避行!?

藍杜 雫

Illustration
旭炬

JN211142

皇太子殿下の秘密の休日 身代わりの新妻とイチャイチャ逃避行!?

contents

イラスト／旭炬

皇太子殿下の秘密の休日

身代わりの新妻と
イチャイチャ逃避行!?

プロローグ　皇族の結婚式は注目の的⁉

皇太子が艶《つや》やかな黒髪を掻《か》きあげたとたん、ほうっと感嘆のため息が室内に零《こぼ》れた。

ランス公国の迎賓館《げいひんかん》の一室。花の形をしたシャンデリアの下、白い布で覆われたテーブルを前にした花嫁と花婿は、写真機とメモ帳を持つ記者たちに囲まれている。

隣に座るフィアンも緊張のさなか、初めて会う皇太子に見蕩《みと》れてしまっていた。

「フィオーヌ王女との結婚を喜ばしく思う。この結婚で、我が神聖ゴード帝国とランス公国はますます結びつきを深め、繁栄することだろう」

エストラル・アル・サルドレ＝ゴード。

神聖ゴード帝国の若き皇太子は、張りのある声で記者たちの心を掌握する。

蒸気機関が発明され、遠くの国と通信ができるようになっても、人の心は変わらない。

夢を見れば恋もするし、男女のロマンスの話はいつの時代も人気が高い。出会いの瞬間からプロポーズの言葉まで、人々の興味は尽きないのだ。

山間の小国ランス公国ではいま、王女の結婚話で持ちきりで、その配偶者となる皇太子に好奇の視線が集まっていた。

――感じのいい声……ずっと聞いていたくなるような……。

帝国内で圧倒的な人気を誇る皇太子だとの噂《うわさ》は本当らしい。

そばに控えるランス公国の侍女ばかりか、記者たちもメモを取る手を止めて、エストラルの響きのいい声に聞きいっている。

近隣を圧する神聖ゴード帝国との結びつきは、ランス公国にとって降って湧いたような幸運だった。王族だけでなく、国民の間でも祝賀ムードが漂い、皇太子に関する記事はひときわ人気が高い。

その人気を反映するように、この結婚の記者会見にはランス公国と神聖ゴード帝国だけでなく、近隣諸国からもたくさんの記者が集まっていた。

夜会を開くことができる広間が狭く見える盛況ぶりだ。

――まるで見世物の珍獣になったみたいね。

内心で苦笑いすると、微笑《ほほえ》みを形作る紅を引いた唇が歪《ゆが》みそうになってしまう。

帝国からやってきた美丈夫の皇太子か、あるいは宝冠《ティアラ》を頭上に飾ったウェディングドレス姿の王女かが、記事にできるような失敗でもしないかと一挙手一投足を注視する記者たちの目が怖い。

「エストラル皇太子殿下、フィオーヌ王女殿下と結婚されることになった経緯は？」

「王女殿下のどこに惹《ひ》かれたのでしょう？」

矢継ぎ早に繰りだされる質問は、本当に記者が聞きたいことなのだろうか。緊張して身を縮めながらも、フィアンは内心で首を捻《ひね》る。

——今日が初対面ですし、政略結婚に理由はありません……。

口にするわけにはいかない本音を心に隠し、そっと横目に黒髪の花婿を盗み見る。

皇太子としての義務とはいえ、小国の記者の相手など面倒なだけだろうに。笑顔を崩さない花婿を見ると、フィアンの胸は緊張など忘れて鼓動を速めた。

時代がかったジュストコールを着こなしたエストラルは、まるで絵本から抜け出した完全無欠の王子さまのようだ。

折り返しの長襟や金糸の縁飾《ふちかざ》りが、華やかな容貌とよく似合っている。

黒のジュストコールと、肩にかかるくらいの黒髪が優雅な雰囲気を醸し出す。

ちょっとした立ち居振る舞いや質問を吟味して首を傾《かし》げる仕種《しぐさ》は、上品でいて男らしい。

エストラルの存在はなにもかもが眩《まぶ》しくて、フィアンの目を釘付《くぎづ》けにしていた。

「まだお会いしたばかりですが、我が新妻はかわいらしい方でよかったとほっとしてますよ。やってきてすぐに追い返すような恐妻だったらどうしようかと……あ、いや。これは記事にしないでくれたまえ。なんにせよ、歓迎していただき、ランス公国の国民にも感謝している」

肩をすくめてユーモアたっぷりに話すエストラルに、記者たちから笑いが起こる。

なかには自分の妻を思い出したものがいたのだろう。

「うちのように、かかあ天下にならないことを祈ってますよ！」

なんて冷やかしめいた言葉をかける勇者までいた。

記者会見を行っている迎賓館の一室には、その豪華な部屋に似合わぬ、和気《わき》藹々《あいあい》とした空気が漂った。

――なんだか、この方はすごいわ……気難しい年配の記者たちまで笑わせるなんて。

帝国の皇太子とはどんな人物なのだろうと想像していたフィアンは、ほんのわずかな時間で彼のカリスマ性を見せつけられた気分だ。

いつもは厳しい質問を重ねる記者たちを自分のペースに巻きこむ――その人心掌握術に、フィアン自身も魅了されつつあった。

皇族の結婚は国同士の結びつきが優先だ。

政略結婚なのだから、甘やかな空気もプロポーズの言葉もあるはずがない。

フィオーヌ・リリー・トゥール＝ランス――ランス公国の王女がエストラルの花嫁に選ばれたのは、たまたま近隣にエストラルと釣り合う年齢の王族がいなかったためで、彼が王女に好感を抱いて申し込んだなんてことはありえない。王女のほうももちろん。

――そのはずなのに……。

エストラルの近くにいると、妙に胸がざわめいて、落ち着かない気分にさせられていた。

「フィオーヌ王女殿下はいかがでしょう？　神聖ゴード帝国の皇太子妃になる気分は？」

結婚の記者会見ではよくある質問が、今度は王女に向けられ、フィアンは意識して背筋を伸ばし、優雅な微笑みを浮かべた。

「皇太子妃というのは、我がランス公国にとっても、わたくし自身にとっても大変な栄誉だと思っています。こんな素敵な殿下の配偶者に選ばれて、わたくしは世界で一番しあわせな花嫁ですわ」

決められた台詞《せりふ》を品よくゆったりとした口調で言ってのける。

あらかじめいくつかの質問を想定して、こう答えるようにと台詞を覚えさせられているのだ。

――もちろん、すべて嘘《うそ》。そもそもわたしは結婚するからといってこんな華やかな記者会見を開くような身分ではないもの。

皇太子と手を取ったフィアンは、内心の嘘を感じさせない満面の笑みを浮かべて、記者たちを見回した。

質疑応答のあと、記者会見の終わりには写真撮影が待っていた。

記者たちに促され、裾の長いウェディングドレスを絨毯《じゅうたん》に広げるようにしてエストラルと並び立つと、写真機のフラッシュが降り注ぐ。

写真に収まるのは、仲のいいロイヤルカップルの姿形だけ。

心のなかまでは写せない。だからフィアンはこの虚像が嘘だと知りながらも、しあわせそう

な花嫁を演じる。

帝国の皇太子がいくら素敵であろうと、この結婚にどれだけ国同士の思惑が絡んでいようとフィアンとは無関係なのだ。

──だってわたしはフィオーヌ王女殿下の身代わりに過ぎないんだもの。

仲のいいロイヤルカップルを演じること──それが今日のフィアンに出された身代わりの依頼だ。

白手袋を片方だけ外し、左手の薬指に嵌《は》めた結婚の約束にと渡された指輪を記者に向ける。大きなダイヤモンドがシャンデリアの灯《あか》りを反射して煌《きら》めくと、記者たちから「おおっ」というどよめきが起こった。

「フィオーヌ王女、もう一度、指輪を見せてください！　できれば、皇太子殿下ともっと寄り添っていただいて……」

「だそうですけど、殿下もよろしくて？」

記者から出される要望に応えようと体を動かしたところで、ドレスの裾を踏んだフィアンは、つんのめりそうになった。とっさに逞《たくま》しい手が伸びて、

「おっと……危ない。大丈夫ですか、フィオーヌ王女？」

ぐらりと傾いた体は、はっと気づいたときには、エストラルの腕に支えられてた。

花婿が花嫁を抱きかかえた瞬間、待ち構えていたようにフラッシュが焚《た》かれる。

写真機というのは、一枚撮影してから次の写真を撮るまでに原版を取り替える作業があり、シャッターが下りるまでの間に時間がかかる。しかも、被写体が止まっていた時間はほんのわずかだったはずだ。

しかし、今日のカメラマンはよほど腕がよかったのだろう。

後日、売りに出された新聞には、花嫁姿の王女が優雅なジュストコール姿の皇太子に抱きとめられる写真が大々的に載っており、新聞は飛ぶように売れたのだという。

第一章　記者会見のハプニングは恋のはじまり？

小国といえど、帝国の傘下で繁栄するランス公国の公都は美しい。

青い屋根の建物が同じ高さで通りを囲み、煙突と三角の破風《はふ》が均等に並ぶ街並みがフィアンは好きだ。

石壁に囲まれた路地を通り抜け、ロイヤルマイルを通り抜けて王城前広場に出た瞬間、巨大な尖塔《せんとう》を持つ城を見上げて、何度息を呑《の》んだことか。

見慣れたフィアンにとってもいまだ圧倒される光景は、いま、王女の結婚式のために一変していた。

初秋の青空が広がる公都ランス＝ランカムには、国民の期待を示すようにランス公国と神聖ゴード帝国の紋章旗があちらこちらに掲げられ、華やかにはためいている。

結婚を祝して、皇太子と王女を描いた葉書《はがき》や絵皿が売られた目抜き通りには観光客が詰めかけ、国中が浮かれた空気に包まれていた。

しかし、国を挙げての一大イベントを前に、王城では騒動が持ちあがっていた。

明日、式を挙げるはずの肝心の花嫁が失踪してしまったのだ。

「フィオーヌ王女殿下はまだ見つからないのですか？　結婚式はどうするのでしょう!?」

フィアンは記者会見をすませたばかりのウェディングドレス姿で問いかけた。

控えの間に戻り、女官長の顔を見たとたん、緊張が解けたようだ。人前に出ているときは王女の真似《まね》で一生懸命になっていたため忘れていた不安がよみがえってきた。

——一刻も早く本物の王女殿下と入れ替わりたい……。

そんなフィアンの願いを打ち砕くように、年配の女官長は申し訳なさそうに首を振った。

「いつも隠れていそうな親しい貴族の屋敷や宿を当たらせてはいるのですが……毎回毎回、隠れるのだけは超一流のようで……」

女官長の強張《こわば》った表情を見た瞬間からわかっていたことだけれど、王女がまだ行方不明だと聞かされ、フィアンは目の前が真っ暗になった。

肩を落としたフィアンの髪を直し、そばにいた侍女が励ましの言葉をかける。

「フィアン、大丈夫よ。家令や侍従も総出で捜しているんだもの。きっとすぐに見つかるわ」

「メリーアンさま……そうだといいのですが。わたし、まるでエストラル皇太子殿下を騙《だま》しているようで心苦しいのです……」

痛みを堪えるように、硬く握った拳で胸を押さえる。

ウェディングドレス姿で記者会見に臨《のぞ》んだが、フィアンは王女ではない。貴族でさえない。

顔立ちがよく似ているために、王女の身代わりに駆り出された市井《しせい》の娘だ。
フィアンの家は公都のパサージュの一角でパブをやっている。パブというのは、酒場という
より街の社交場のような場所だ。人が多く集まる。
店の客には『王女と似ている』と言われていたものの、大きな青い瞳に背中まで流れる波打
つ亜麻色《あまいろ》の髪はランス公国ではよく見かける特徴だ。
青い瞳に亜麻色の髪の娘なら、誰でも一度は王女と似ていると言われるし、よくある社交辞
令だと思っていた。
しかし、初めてフィオーヌ王女と会ったとき、フィアンは驚いた。
そっくりの化粧を施し、同じドレスを身に纏《まと》った王女とフィアンは、瓜《うり》ふたつだったのだ。
——そのときのことを、フィアンはいまもはっきりと覚えている。

† † †

「あらまぁ、ここまで似ているなら、父上でも間違えるんじゃないかしら？」
フィアンの顔を見た王女は、面白いことを思いついたとばかりに小首を傾げて微笑んだ。
突然、王女の身代わりとして孤児院の慰問をしてほしいと頼まれ、用事をすませたあとのこ
とだ。

行方不明だったはずの王女が城で待ち受けていて、フィアンはとても驚いた。

フィアンは街で暮らしており、王城に足を踏み入れたのはこのときが初めてだった。

王女の部屋の吹き抜けの高い天井からは光が差しこみ、まるでパサージュの中央広場のような華麗な装飾があちこちに飾られていた。

優雅な曲線を描く植物の形をした手すりに手をついて、メゾネットの二階からもったいつけた足取りで階段を下りてくる王女の姿も、まるで美しい風景画を見ているかのようだ。

「こんなことってあるのね……気味が悪いのをとおりこして、いっそ笑いたくなるくらいだわ」

王女はフィアンと両手を合わせて、まじまじと顔を見合わせた。

近くで見れば王女とフィアンはますます似て見えて、まるで鏡を見ているようだ。

――ネルラ女官長が身代わりをしてほしいと言ったのは、この顔のせいなの……。

唖然《あぜん》としながらも、フィアンは確かにこれなら多くの人が騙されるだろうと納得させられてしまった。

王城の侍女や下働きを統括するネルラ女官長は、母親の古い友人だ。

母親が亡くなったあと、父親と兄との男所帯に育つフィアンを心配して、忙しい合間を縫っては様子を見に来てくれていた。長年の恩がある彼女のお願いだからと、唐突な身代わりを引き受けたのがはじまりだった。

身代わりに誰も気づかなかったのをいいことに、フィオーヌ王女はそれからことあるごとに、フィアンを呼びつけて、身代わりをさせるようになった。

孤児院の慰問のような、普段の王女を知らない相手はともかく、貴族相手のときは簡単にはいかない。

「王女殿下のように、生まれながらに気品溢《あふ》れる振る舞いなんて無理です！　ダンスもできません！」

フィアンが悲鳴をあげるような声で訴えたところ、王女は扇で口元を隠して、ころころと鈴を転がすように品よく微笑んだ。

そういうところだ。フィアンが絶対に真似できないと思うのは。

——だって笑うときに、いちいち扇で口元を隠すような生活をしてこなかったんだもの。

いくら王女に命令されても、できることとできないことがある。

振る舞いの違いでバレたら、フィアンとしては恥ずかしいだけだ。ただでさえ、王女の身代わりなんて畏《おそ》れ多いのだから、もうやめたいと言外にお願いしたつもりだった。

しかし王女は、恐縮したフィアンの言葉を都合よく受け取り、

「まぁ……おまえはおべっかを言うにしても、うまいことを言うのね。そうね。確かにおまえの言うとおり、市井の娘にわたくしの真似を一朝一夕でさせようというのが間違いでした。おまえには、教育係をつけてやりましょう」

「はい？　あの、王女殿下……そういうことではなくてですね」

とまどうフィアンをよそに、王女はネルラ女官長を呼びつけて言った。

「フィアンに王女のわたくしと同じ教育をさせなさい。そうすれば、もっとたくさんの身代わりができるでしょう？」

王女はそう言って、扇で口元を隠しながら、紅を引いた唇を弧の形にして、妖艶に微笑んだのだった。

『お貴族さまは優雅に面白おかしく暮らしているだけ』

世間に流れる風刺を心の底から信じていたわけではないけれど、王女の身代わりはフィアンにとって大変だった。

コルセットを身につけてドレス姿で一日中過ごすだけでも大変なのに、慣れない相手と笑顔で話さなくてはならないし、慰問のために汽車と馬車を乗り継いでの移動も、初めこそは物珍しかったものの、回数をこなすうちに大変さに取って代わった。

それでも、フィアンは王女の依頼を断れなかった。

恩があるネルラ女官長からの依頼が発端だったというのもあるが、それ以上に身代わりをしたときの報酬がよかったのだ。

「ギャロンが借金ばかり作るから、現金は助かると言えば助かるんだがな……」

フィアンの父親のデニスは渋い顔をして、フィアンが身代わりをして得た金を受け取るのが通例となっていた。

デニスは自身が営むパブのカウンターに座る、兄のギャロンをじろりと睨《にら》みつける。

「ほんとほんと。フィアンのおかげで印刷機の借金が幾分ましになってきたよ。感謝してる」

満面の笑みを浮かべたギャロンは、フィアンの髪がくしゃくしゃになるまで撫《な》でた。

フィアンとは六つも年が離れている兄だが、面倒見のいいギャロンは幼いフィアンを邪険にせず、いつも構ってくれていた。十八のうら若き乙女としては、髪をくしゃくしゃになるまで撫でるのはやめてほしいし、愛情過多も少々重たいが、それはそれ。これはこれ。

兄とフィアンは仲がいい兄妹といえた。

「ましになってるって……ギャロン兄さん。新聞社は儲《もう》かっているの？」

ため息交じりに問い詰めれば、ギャロンは苦笑いを浮かべて視線を逸《そ》らした。

「競争が激しい世界だからなぁ。なにかいいスクープでもあればいいんだが……そうそう、フィアン。城でなにかいいネタはないのか？　王女のご成婚が決まったばかりだろう？」

なにを思ったのか、ギャロンは隣家の幼馴染《おさななじ》みと零細な新聞社をやっている。

パブで集まる情報を壁新聞のように貼っていたのが発端で、上々の評判に気をよくしたギャロンは、はじめたばかりだというのに最新の印刷機を購入してしまった。それでいま、彼は借金まみれなのだ。

新聞を売った収入とパブの上がりだけでは、たかが知れている。

王女の身代わりは国の最高機密で、報酬は高額だ。

そんなやむにやまれぬ事情も手伝って、フィアンは王女の要請を断れなくなっていた。

しかし、この日の依頼は飛び抜けて問題だった。

——帝国の皇太子といっしょに会見だなんて……断ればよかった！

ウェディングドレスを着付けられたフィアンは、緊張のあまり真っ青になりながら、自分の迂闊《うかつ》さを後悔していた。


今朝の話だ。たったひとりしかいない王女の結婚式を間近に控え、ランス公国には浮かれた空気が漂っていた。

そんなときに、飾りのない馬車が実家の裏手の路地に着き、フィアンは嫌な予感がしたのだ。

実家のパブはパサージュの一角にあり、入り口は屋根がかかった商店街の並びに向き、裏口は仕入れをしやすいように路地に面している。

蒸気機関が発達し、自動車を見かけることもあるが、庶民の間ではまだ馬車が使われていた。

いくら青い瞳と亜麻色の髪が似ていると言われていても、庶民の多くは王女の顔を間近で見たことはない。

だからこそ身代わりが成立するのだ。王女の使いがパブに出入りしていると知られるのは問題がある。それで王城から用があるときは、目立たないように飾りのない馬車を寄越《よこ》すことになっていた。

使いにやってきたのは、ネルラ女官長の腹心の侍女メリーアンで、フィアンとも親しくしている。

「実はまた王女殿下が行方不明になってしまわれて……女官長がフィアンにどうしても助けてほしいとおっしゃって……」

メリーアンがいつになく困った顔をしていると思い、いつものように気軽に引き受けてしまった。

馬車に乗りながら、車窓からのぞいた街中は、王女と帝国の皇太子の成婚を祝うように、ランス公国と神聖ゴード帝国の紋章旗がはためく。

「こんなときなのに王女がいないなんて、大変ね……今日はなんの公務なの？」

——結婚式の準備があるのに、ほかの公務が入っているなんて大変。フィオーヌ王女殿下のことだから、休み時間が欲しくて逃げだしたんだわ。

いくら公務が王族の義務とはいえ、襲いかかる激務から逃げたくなる瞬間もあるはずだ。

のんきなフィアンは、そんなふうに考えて王女に同情すらしていた。

しかし、その身代わりがウェディングドレス姿で、皇太子といっしょの記者会見だと知らされて、同情はあっというまに吹き飛んだ。

皇太子と初めて会い、記者会見をした間、緊張しすぎたせいか、フィアンは自分がなにを口にしたのかよく覚えていない。

† † †

「ご自分の結婚式なのに、旦那さまとなる皇太子殿下から逃げてどうなさるんですか……」

ランス公国の迎賓館の一室で、フィアンはため息交じりに呟《つぶや》いた。

どんなに非難したくても、当の王女はここにはいない。

記者会見を終えて緊張が解けたのと、まだ王女が見つかっていないという落胆とで、フィアンのなかには複雑な感情が渦巻いていた。

「フィオーヌさまは、『皇太子妃とは名ばかりに違いないわ。属国の王女なんて帝国で歓迎されるわけがないでしょう』とおっしゃって、この結婚を嫌がっておいででしたからね……」

あいかわらず難しい顔をしたまま、ネルラ女官長は大きなため息を吐《つ》いた。

一方で、化粧台の前に並んだ花嫁衣装の小物を仕舞《しま》っていた侍女は、女官長の悲観をはね飛ばすように明るい調子で言う。

「フィオーヌ王女殿下のことですから、どうにかなさるはずです。その辺のごまかしに関しては、本当に超一流ですから！」

安心なさってくださいとばかりに胸を叩《たた》き、妙な太鼓判を押したのは侍女のメリーアンだ。

王女付きの侍女をしている彼女は、女官長とともに身代わりの秘密を知っている数少ない王城の住人だった。

「王女殿下のごまかしが超一流かどうかはともかく、メリーアンさまの保証というのもそれはそれで心配です」

フィアンは呆《あき》れ顔でため息を吐いた。

侍女として王女に仕えているとはいえ、メリーアンは地方領主の娘で、フィアンよりも身分が高い。最初こそ、身分差を気にして一歩引いて接していたものの、フィアン以上にのんきなメリーアンにかしこまるのは難しく、次第に気易《きやす》い物言いになってしまっていた。

頭を悩ませているところに、『ヂリリリ』という歪《いびつ》な金属音が鳴り、フィアンもメリーアンも飛びあがった。

この迎賓館に通じている電話が鳴ったのだ。

対外的なお披露《ひろめ》目の場である迎賓館には、電話という離れた場所にいる相手と話す通信機械が、王城に先だって設置されていた。

発明されたばかりの機械を見せつけることで、ランス公国の先進ぶりを他国に示し、また、自国民にも新しい文化に慣れさせようという意図らしい。

初めて電話が設置されたときには、記者を呼び、お披露目までしたのだという。

最近では、国の公的な機関や貴族の屋敷にだけではなく、庶民でも裕福な家には導入されつつあり、新しいもの好きの兄のギャロンはパブに電話を設置したがっていた。新聞記事を書くのに、遠くと電話ができると便利だからだ。

もっとも、「印刷機械の借金も返していないのに、馬鹿を言うな」と父親から烈火のごとく怒鳴られ、断念させられている。

フィアンにとっても、王女の身代わりをしたときにたまに見かけるくらいだから、いまだに電話がけたたましい音を立てて鳴るのは慣れなかった。

一方で、この場では一番、さまざまな権限を持つネルラ女官長には、さっきから何度も電話がかかっていたのだろう。慌てる様子もなく、落ち着いた声で見えない誰かとやりとりしている。

「ハロー？　こちら、迎賓館の控え室です……はい、はい。そうですか、わかりました」

城勤めのものらしく感情を滅多《めった》に面《おもて》に出さないネルラ女官長だが、このときのフィアンは彼女の落胆を感じとってしまった。

王女はまだ見つかっていないのだ。

——このまま王女殿下が戻らなければ、明日の結婚式はどうするんだろう……。

不安に駆られるあまり、フィアンはぶるりと身を震わせた。

国の威信を懸けた結婚式だ。

王女が逃げだしたと知られたら、帝国からどんな難癖をつけられるかわからない。

ランス公国は北はローレシア、東と南は神聖ゴード帝国と、大国に挟まれている。

山脈に囲まれた盆地に広がる小国で、攻めにくく守りやすかった上、大国同士が牽制《けんせい》し合っていたのがさいわいしたのだろう。いつ滅ぼされるかわからないと言われながらも、建国から五百年近くを存《なが》らえてきた。

しかし、ローレシアが軍事大国となって脅威になりはじめた約百年前、ときのランス国王は、神聖ゴード帝国の属国となる道を選んだ。

大半の国民には王女の結婚は喜ばしいことだが、本人にしてみれば、宗主国の皇太子との結婚は自分の首に縄をつけられるようなものなのだろう。

――でも、逃げだすほど嫌だったなんて……。

フィアンには王女の考えが理解できない。

「エストラル皇太子殿下とお会いになったら、フィオーヌ王女殿下も考えを変えられるんじゃないかしら？　殿下はあんなに素敵な方なんだもの」

あんなに思わず見蕩れてしまうような美丈夫に、フィアンは初めてお目にかかった。

記者たちとのやりとりは軽妙で、隣で聞いているだけのフィアンも思わず笑いを零してしまったし、うっかり転びそうになった花嫁を助けてくれたときには、ときめいてしまった。

――もちろん、『フィオーヌ王女』だから助けてくれたのでしょうし、市街で『町娘のフィアン』が躓《つまず》いても、気にも留《と》めないかもしれないけど……。

身代わりなのだから、実際にフィアンがエストラルと結婚するわけではない。

――でも、エストラル皇太子殿下のような素敵な男性が結婚相手だなんて……ちょっとだけフィオーヌ王女殿下がうらやましい。

ほんのわずかなやりとりにすぎなかったけれど、フィアンはエストラルに好感を抱いた。フィアン自身、まだ自覚が薄い感情は、しかし表情に出ていたらしい。ほんのり頬を赤く染めたフィアンを侍女のメリーアンは見逃さなかった。

「あら、フィアンたらエストラル皇太子殿下の肩なんて持って……あやしいわ。そういえば、さっき写真を撮るときはずいぶん身を寄せていたようだけど……もう、役得だったわね！　うらやましい！」

このこの、と冷やかすようにメリーアンの肘でつつかれて、返す言葉がない。

「で、殿下は慣れない私がドレスを踏んでしまったところを助けてくださっただけで、た、他意はないに決まってます。わ、わたしだって！」

――ただ、あんな品のいい美形には免疫がなかっただけです！

心のなかで言い訳をしても、顔はそのときのことを思い出すだけで真っ赤になってしまう。

若い娘ふたりが顔を合わせれば、どうしたって恋や素敵な異性の話には花が咲く。そこに身分の差なんて関係ない。

ひとり冷静でいた女官長は、浮かれる娘たちを制するように、こほんと重い咳払《せきばら》いを響かせた。

「皇太子殿下が素敵だという話はよくわかりました。しかし、いまは王女殿下の代わりに大聖堂に向かいましょう。明日の結婚式の予行練習もしなくては」

苦々しい女官長の言葉に、フィアンははっと我に返った。

——明日……明日にはきっと王女さまは戻ってこられるのよね？

女官長に先導されながら、花嫁姿で廊下を通り抜ける。

今日のウェディングドレスは記者会見の写真のために身に付けたものだが、このまま予行演習も行うことになっているのだ。

フィアンがネルラ女官長とメリーアンに付き添われて迎賓館の正面玄関に着くと、すでに皇太子一行は馬車の乗り場に到着しており、控えていたフットマン——馬車付きの従者に声をかけていた。

どうやら彼は、ランス公国の従者にも愛想がいいようだ。笑い声が聞こえて、フィアンは思わず足を止めてしまった。

「エストラル皇太子殿下、お待たせしてしまったようで申し訳ありません」

体を沈めてお辞儀をしようとすると、朗《ほが》らかな声に制された。

「いい。花嫁と違って花婿はドレスを着ていないから身軽なものなんだよ。さて、今日はひそやかな馬車で大聖堂に向かうとしようか」

そう言って、手袋をした手をフィアンに差しだす姿のなんと絵になることか。

ドレスの裾を持って近くに控えるメリーアンが、ほうっと感嘆のため息を吐くのが聞こえた。

――やっぱり、素敵よね……こんなこと、わたしには一生縁のないことだと思っていたのに。

身代わりをすることで、思いがけず、恋愛小説の主人公にでもなったような気分だ。

ジュストコールを身に纏う美丈夫にエスコートされるなんて、市井に住んでいたら、一生に一度だってあるわけがない。

やはり手袋をした震える手をエストラルの手に重ねた瞬間、まるで電気のように指先から甘い痺《しび》れが走った気がした。

フィアンの頭のなかで、カランカランと祝福の鐘が鳴り、無数の花弁が風に舞う。

――フィオーヌ王女殿下の、家出ならぬ城出に、ちょっとだけ感謝してしまう。

本当の結婚式を挙げた花嫁になったような、甘やかな気分に浸っていたこのときのフィアンはしかし、このあと自分に待ち受けている事態を知らなかった。

結局この日、夜になってもフィオーヌ王女は帰ってこなかったのだ。

第二章　華やかな結婚式と初夜の危険な駆け引き

さて、問題です。

——結婚式の当日に、花嫁がいなければどうなるのでしょう？

　　　　答え　身代わりを立てるしかありません。


結婚式の朝になっても王女が不在だと聞かされ、フィアンの目の前は真っ暗になった。

「もし、もしもですけれど……フィオーヌ王女殿下が夜までに戻られなかったら、初夜はどうなさるのでしょう？」

部屋で朝食の準備が終わるのを待つ間、フィアンはメリーアンに尋ねた。

「それは……どういたしましょう？　眠り薬でも殿下に飲ませて、一晩中寝ていただくとか？」

小首を傾げたメリーアンは、さらりと恐ろしいことを口にする。

宗主国の皇太子に薬を盛るなんて、もし発覚したらどんな罪に問われるかわからない。

「お、畏れ多いことを言わないでくださいませ。ほかに方法がないにしても、そんな小説の手口のようなことが、簡単にできるとは思えませんし……」

まだ事態は差し迫っていないが、王女が見つからないことには改善する兆《きざ》しがまるで見えなかった。

この身代わりの最初の発案者だったネルラ女官長は、いまここにいない。

結婚式とその後の夜会の準備で、大わらわになっているのだろう。使用人に指示を出すのに忙しいようで、早朝に顔を出したきり、フィアンのところには来ていなかった。

「どちらにしても、皇太子殿下は短い滞在です。その間に身代わりがバレなければいいのですから……大丈夫ですよ」

どうやったらそこまで楽観的になれるのか。気軽に請け負えるメリーアンがうらやましい。

「十日ほどの滞在のご予定――なんでしたっけ？」

王女の部屋のカレンダーを眺めながら、フィアンは日にちを確認する。

「ふたりともそれぞれの国にいて、皇太子がときどきやってくるって……王族の結婚ではよくあることなのかしら？」

身代わりで気になることは逐次確認しておく癖はついているが、今回は確認事項が多い。

結婚式を挙げたあともふたりはいっしょに暮らさず、必要があるときだけ、エストラルがランス公国に来る――いわゆる通い婚のような状態が続くのだという。

——まるで地方妻のような扱い……あ、だから王女殿下はこの結婚を嫌がったの？

それもありそうなことだと、気位の高そうな顔を思い浮かべる。

汽車で簡単に行き来ができるようになったとはいえ、正式に帝国に迎え入れられないというのは、王女からすれば屈辱的なのではないだろうか。

思い悩むフィアンに対して、メリーアンは皿にパンをサーブしながら、考え考えといった調子で答えた。

「急なお話でしたから、帝国側で皇太子妃宮の準備が間に合わなかったのかもしれませんね。王女殿下はランス公国の次の王となられる身ですから、嫁がれても困るのですけど……こんな調子でちゃんと世継ぎの君が生まれるのでしょうか？」

貴族の令嬢であるメリーアンにわからなければ　庶民のフィアンにはもっとわからない。

——ひとまずは目の前の朝食を食べ終えてから考えよう。

フィアンは難しい問題を棚上げして、パンに手を伸ばした。

朝はあまり食べないらしい王女とは違い、店の手伝いで動き回るフィアンは朝からきちんと食べるのが習慣になっている。少々のサラダとヨーグルトだけでは足りなくて、パンとハムを多めに並べてもらっていた。

「王城のハムはどれもおいしい……どうにかして燻製《くんせい》のコツを教われないかしら？」

こんなときなのに、実家のパブのことを思い出して、フィアンは思わず呟いていた。

くせのないハムやソーセージは、万人に受ける。高価な材料を使っていたら難しいが、木くずの配合だけでも聞いてみたい。

そんなどうでもいいことを考えてしまうのは、日常的なことを思い浮かべていないと、緊張のあまり頭がおかしくなりそうだったからだ。

朝食のパンの最後のひとかけらをどうにか呑みこんだフィアンは、ナプキンで口元を拭《ぬぐ》う。

「エストラル皇太子殿下とフィオーヌ王女殿下の子どもはひとりが帝国の、もうひとりがランス公国の世継ぎとなるのね」

「はい……そういう約定《やくじょう》があったみたいです。国王陛下の子はフィオーヌ王女殿下ただひとりですもの。殿下の子をすべて帝国にとられたら困ります」

メリーアンの話を聞きながら、フィアンはため息を吐く。

国同士の細かい約束の内容をメリーアンは知らないのだ。ネルラ女官長も完全に把握しているわけではないという。

――今回の身代わりは頭が痛いことばかり……。

二国の間でどんな約束が交わされたのかはともかく、忙しい皇太子はすぐに帰国する予定だ。国を挙げての結婚式だから、やめるわけにはいかないし、帝国側に花嫁の不在を知られるわけにもいかない。しかし、最悪の場合でも、帰国まで皇太子を騙し通せば国の体面は保たれる。

そう言い含められて、昨夜の夕食会ではフィアンが王女の代わりをして、エストラルをもてなした。

――こういうときのために、わたしにテーブルマナーを覚えさせたフィオーヌ王女殿下の先見の明に感嘆すればいいのか、用意周到すぎると呆《あき》れ返《かえ》ればいいのか……。

どちらが正解なのか、フィアンにはわからない。

メリーアンが『フィオーヌ王女殿下のことですから、どうにかなさるおつもりなのでしょう』と言ったのも、ある意味では正しい。

面倒くさがって公務から逃げだすくせに、フィオーヌ王女は器用になんでもこなしてしまうようなところがあり、その采配に感心させられたことは何度もあった。

だからフィアンも、心のどこかでは王女はぎりぎりになって現れて、生涯で最も重要な公務を肩代わりしてくれるだろうと思って、身代わりを続けているのだ。

「できるならわたしも、フィオーヌ王女殿下のように逃げだしてしまいたい……」

思わず本音が口を衝《つ》いて出る。

フィアンが王女の身代わりを引き受けるようになってから、城に泊まるように言われたのはこれで三度目だ。

城で開く舞踏会は夜遅くまでかかるし、王女は主催者の立場で遅くまで広間に顔を出していなければならない。

城と街は目と鼻の先にあるとはいえ、そんな夜遅くに帰すわけにはいかないからと、ネルラ女官長から父親に直々にお願いの書状が届き、フィアンは城に泊まることになった。

最初の一回だけは、フィアンは浮かれた。

「王女殿下の部屋に泊まれるなんて、なんて素敵なの！」

吹き抜けから垂れ下がる花の形のシャンデリアに、エナメルでできた美しい植物文様の装飾を眺めながら、うっとりと夢見心地になっていた。

けれども、綺麗《きれい》な絵画も華やかな装飾も、ひとりぼっちのフィアンを慰めてはくれない。

やっぱり自分の家で父親と兄に囲まれて、気兼ねない会話とともに楽しい夕食をとりたい。

狭くても侍女が近くにいない部屋で眠るほうが性に合うと、いまは思っていた。

しかし、ここでフィアンまで逃げてしまったら女官長やメリーアンは途方に暮れるだろう。

王女の我《わ》が儘《まま》にはもうすっかり慣れてしまっていたが、今回のは極めつけに悩ましい。

――花嫁の代わりだなんて……身代わり代金を弾《はず》んでもらっても、割に合わない気がする。

唇を硬く引き結んだフィアンがひそかな決意を固めた瞬間、コンコンと扉をノックする音がした。

側に控えていたメリーアンが許可を出すと、侍女が数人部屋に入ってくる。

「失礼いたします。フィオーヌ王女殿下の婚礼のお支度をはじめさせていただきます」

――もう、逃げるわけにはいかない……。

身代わりの事実を知らない侍女たちの言葉に、フィアンは静かにうなずくしかなかった。

湯浴《ゆあ》みをさせられ、いい香りがするシャボンで体を洗われたあと、全身に薔薇《ばら》の香りが漂う香油を塗られる。

はじめこそ、他人に体を洗われることに抵抗があったものの、侍女たちの手慣れた手つきはフィアンに有無を言う隙を与えなかった。

気づくと、髪結いが呼ばれ、化粧師が道具を広げていた。

結婚する王女の化粧道具だ。高価なものばかりなのだろう。甘い香りが漂う白粉《おしろい》に鮮やかな色を出す紅が、化粧台の鏡の前に並べられていく。

迷いのない手で顔を整えられると、鏡のなかからフィオーヌ王女が見ているような錯覚に陥る。口角をわずかに上げて妖艶に微笑むと、王女がフィアンのことを嘲笑《あざわら》っていた。

コルセットを締めつけられる苦行を終え、裾の長い白いドレスを身に纏えば、誰がどこから見ても、美しい王女の花嫁姿のできあがりだった。

「では正面玄関へどうぞ……エストラル皇太子殿下がお待ちです」

いつのまに部屋にいたのだろう。

ネルラ女官長が重苦しい口調でフィアンに告げた。

メリーアンにドレスの裾を持ってもらい、少しずつしか歩けないフィアンが王族専用の馬寄せに着くと、エストラルは既に到着しており、フィアンがゆっくりと近づくのを待っていた。

今日の皇太子殿下も極上の貴公子ぶりだ。

黒髪を撫でつけ、金糸銀糸の飾りの付いたジュストコールを着た美丈夫が、彫像の竜が優雅に巻き付いた柱の前で、微笑みながらフィアンに手を差しのべてくる。

――ダメだ、卒倒しそう。

顔を真っ赤にして固まったフィアンを、ドレスを直す振りをしたメリーアンが小突いて我に返らせてくれた。いけない。フィオーヌ王女だったら、こんなことで動揺しないはずだ。

けれども、手を重ねるだけで、フィアンの鼓動はうるさいほど高鳴っている。

布地を通して触れているはずなのに、あまりにも高鳴りすぎて、皇太子に聞こえているのではないかとひやひやしてしまう。

対するエストラルは、さすがは大国の皇太子だ。落ち着いた振る舞いでフィアンをエスコートすると、

「では、我が花嫁。まいりましょうか」

そう言って、ドレス姿のフィアンを馬車の高い座席へと導いた。

黒漆に金の装飾付きの馬車はパレード用になっていて、幌《ほろ》や箱がない露台になっている。

赤い天鵞絨《ビロード》の座席はクッションが利いていたけれど、その慣れない高さのせいなのか、くらりと眩暈《めまい》がした。

――これがただの夢で、気軽に楽しむだけだったら、どんなに素敵だろう……。

素敵な花婿も豪華な馬車も、市井の娘が現実に向き合うには荷が重い。でも、これはお仕事

で、国の浮沈にかかわる重要な役目なのだ。

——フィオーヌ王女殿下の代わりなのだから……落ち着かなくてはダメ。

そう思う端から、真っ赤な天鵞絨の座席にエストラルと並んで座るだけで、胸の鼓動がドキドキと高鳴っていた。

「そんなに緊張しなくても、大丈夫ですよ。ここはランス公国で、あなたはこの国の王女だ。笑顔で手を振れば、みんな喜んでくれる——なんてことは、もちろんわかっておられるでしょうが」

ぺろりと舌を出されて、フィアンはまた頬が火照《ほて》るのがわかった。

——そ、その顔は卑怯《ひきょう》です。返答しづらくて困ります、殿下！

大国の皇太子というだけあって、エストラルは強引に物事を進めるようなところがある。なのに、強引さを感じさせないユーモアを持ち合わせていて、ちょっとした瞬間にウィンクしたり、舌を出したり、茶目《ちゃめ》っ気《け》のあるところを見せつけられ、そのたびにフィアンはどぎまぎさせられていた。

「だ、大丈夫です。慣れていますから」

こんな馬車でパレードするのは、フィアンはもちろん初めてだけれど、虚勢を張って答えた。王女ならそう答えるだろうと思ったからだ。

緊張のあまり、表情さえ強張っているフィアンとは対照的に、エストラルは悠然と手を振っていた。

「ほら、ロイヤルマイルをご覧なさい。みんな自国のかわいらしい王女を見に来ているではありませんか」

さりげなく肩を抱かれて、視線を馬車の向かう先に誘導された。

緩やかな下り坂の両側は人で埋め尽くされている。

ランス公国民だけでなく、観光客も無数に押し寄せているせいだろう。衛兵があちこちに立って、馬車の前に彼らが飛びだしてこないように整理していた。普段は厳《いか》めしい衛兵だが、今日は民衆の熱気に心なしか気圧《けお》されているようだ。

そんなひととおりの光景を柵のない高い座席から見下ろすのは、はっきり言って怖い。

エストラルに肩を抱かれてなかったら、下り坂に吸いこまれるようにして馬車から落ちる心地がする。皇太子は気を利かせてくれたのだろう。興奮して浮ついているフィアンを察して、花嫁の体を支えてくれていた。

――肩を抱くなんて、深い意味はないのよ……もちろん夫婦になるのだから、王女殿下に好意を抱いてくださる分にはいいのだけど。

フィアンとエストラルが身を寄せると、ことさら歓声が大きくなる。その期待に応えて、エストラルはときおり見せつけるように、フィアンを胸に抱き寄せた。

彼としては民衆へのサービスのつもりなのだろうが、そのたびに心臓が跳ねるフィアンとしてはたまったものではない。

——この好意はわたしに向けられているものではないのよ、フィアン。

必死に自分自身に言い聞かせながら手を振るうちに、馬車はあっというまに大聖堂の前に着いた。

天を衝く鐘楼《しょうろう》を持つランス大聖堂は、近隣の国々にも知られる歴史ある聖地だ。

なぜ、結婚式をランス公国でやるのかと疑問に思っていたけれど、おそらくはこの大聖堂で式を挙げたいという意向もあったのだろう。

四階建ての建物よりも高い天井を持つ身廊《しんろう》には、天窓から光が差しこみ、まるで天界の光景のように神々しい。

ランス公国が建国するきっかけとなった大聖堂は、歴史ある建物でありながら、いまもなお、神の威光を表す絢爛豪華《けんらんごうか》さと荘厳さを兼ね備え、美しかった。

巡礼の地としても名高い大聖堂なのだ。

エストラルが皇帝となったときには、ランス大聖堂で結婚式を挙げたということが教会との結びつきに繋《つな》がる——そんな思惑もあるに違いなかった。

大聖堂のなかに居並ぶ貴族たちの数も、フィアンの考えを裏付けている。

国の内外から詰めかけた貴族は、普段は信者席となっている一階だけでなく、二階や三階をも埋め尽くして、緋毛氈《ひもうせん》を歩き進む新郎新婦に、祝福の拍手が万雷の如く降り注いだ。

──大丈夫。バレるわけがない……わたしは王女殿下にそっくりなんだから。

誰にするともわからない言い訳を心のなかで繰り返して、フィアンは祭壇の前に立った。

馬車を降りたところで、メリーアンがドレスのわずかな乱れを直し、フィアンの頭に花冠とベールを被《かぶ》せてくれた。

パレードは顔が見えたほうがいいが、結婚式のときには花嫁の顔を隠すのが最近の流行だったからだ。

祭壇の前には、巨大な薔薇窓《ばらまど》から光が降り注ぎ、複雑な影が石畳に模様を描いている。

その神々しい光を浴びると、神さまの前で嘘を吐いていることが、少しだけ後ろめたい。

神父とエストラルと、親族席の最前列にいる神聖ゴード帝国の皇帝夫妻と。

その誰もがいまここにいる王女は身代わりだと知らなくても、フィアンの心は真実を知っている。

ちくちくと心を刺す罪悪感に苛《さいな》まれているところに、神父が祝詞《のりと》を詠唱する。

「配偶者に吐く嘘は千の刃《やいば》」

「うっ」

「配偶者への慈《いつく》しみは至高の愛……どうかされましたか？　フィオーヌ王女」

朗々《ろうろう》とした詠唱を中断した神父が、声を潜めてフィアンにちらりと目を向ける。

「い、いいえ。神父さまのお言葉があまりにも胸に響き、涙が零れそうになって……」

しまったと息を呑んだ次の瞬間には、顔をふせたまま、本当に感動している振りを装う。

――感動そのものは……ないわけではないのだけれど。

「……こほん、続けますよ。配偶者への慈しみは至高の愛。苦しいときこそ、相手のために尽くすことを神の前に誓いますか？」

神父が気を取り直すように言葉を繰り返した。フィアンのおかしな態度は緊張のためだと思ったのだろう。

聴衆はざわめくことなく、固唾《かたず》を呑んで見守っていた。

「誓います。たとえ、天が堕《お》ち、世界が終わる日が来ても、フィオーヌ・リリー・トゥール＝ランスを愛し、守り抜くことを」

朗々としたエストラルの声は、たとえ自分に向けられたものじゃないとわかっていても、ドキドキする。

嘘を吐いているという痛みさえなければ、紹介席でうっとりとしているご婦人方のように、フィアンも甘やかな気分に浸れたはずだ。

――少しだけ、残念。

この痛みこそが理性を保つよすがだとわかっていても、嘘を吐いているのが後ろめたい。

それでも、小さく息を吸いこんだフィアンは、エストラルの声の響きが終わったところで、自分も誓いの言葉を繰り返した。

「はい、わたくしも誓います。たとえ、天が堕ち、世界が終わる日が来ても、エストラル・アル・サルドレ＝ゴードを夫とし、誠実に愛することを……誓います」

声が震えそうになるのを必死に堪えて、フィアンはできるかぎりはっきりとした声を出した。

フィオーヌ王女は凛《りん》とした声で話す。

顔や声は似ていても、ちょっとした振る舞いや話振りは別だ。

実家でパブの看板娘をしているフィアンは、大声を出すのは得意だったが、鈴を転がすような声で威厳を保ちつつ話す王女の真似はできなかった。

しかし、王女と会ったことのないエストラルには、その違いはわからないのだろう。

疑問に思った様子はなく、「では誓いのキスを」という神父の言葉に促され、花嫁に一歩近づいた。

薄布《うすぬの》のベールをあげられ、エストラルと向き合った瞬間、フィアンは思わず素の自分に戻りそうになってしまった。

――わ、忘れていた。結婚式を挙げるっていうことは……誓いのキスを殿下とするということで……。

近づいてくるエストラルに、わずかに後ずさってしまったのを気づかれたのかどうか。

ふ、と花婿が笑みを零したのがわかった。

緊張したフィアンの様子で知られたに違いないが、逃げるわけにはいかない。

「かわいい唇が震えているね……大丈夫だ、フィオーヌ王女。そのまま動かずにいてくれればいい……目を閉じて――ん……」

フィアンを安心させるためなのだろう。エストラルは低い声で囁《ささや》きながら、顔を傾けた。高い鼻梁《びりょう》の整った相貌のなかで、長い睫毛《まつげ》が俯《ふ》せられていく。

その優雅な動きに、フィアンは息をするのも忘れそうになっていた。『目を閉じて』と言われていなかったら、そのままずっと見つめていたに違いなかった。

――身代わりのわたしで、ごめんなさい。

目を瞑《つぶ》ったフィアンは、心のなかで思わず呟いていた。けれども、申し訳なさとは別に、皇太子の乾いた唇が触れた瞬間、浮き立つような高揚感に襲われる。

初めてのキスだったのだ。

唇が押しつけられたかと思うと、ちゅっと軽く吸われた。

こんなところに性感帯があったのかと思うほど、鋭敏にさせられた唇に意識を持っていかれる。

自分がどこにいるのかを忘れて、頭のなかがエストラルとのキスでいっぱいになったところで慰めるようにエストラルの手がベールの上からフィアンの髪を撫でた。だんだんと深くなる傾きに、息が苦しして、くぐもったうめき声が漏れた。

「んんっ……」

体を寄せられたとたん、もう片方の手で腰を撫でられたのは気のせいだろうか。ぞくん、と背筋に甘いおののきが走った。

そのとき、ふたりの結婚の誓いを祝福して、鐘楼ではカラーンカラーンと鐘が打ち鳴らされた。その音に唱和するように、万雷の拍手が沸き起こる。

――まるで夢に見たような甘いキスだった。

鼻についていた甘いオーデコロンの香りがゆっくりと離れていくに従い、現実の世界が少しずつ戻ってくる。

大聖堂を埋め尽くす衆目の前だ。

人に見られながらキスしていたことを思い出してしまった。

整った顔がまだ近くて、フィアンは不明瞭なうめき声を漏らした。

「あ……ぅあぁ……」

最悪だ。王女の真似どころではない。

顔は真っ赤だし、脚は震えて、緋毛氈の上にいまにもくずおれそうだ。

「私の花嫁は思っていたより初心《うぶ》なようだな」

エストラルの指先がフィアンの顎《あご》の輪郭を辿《たど》るように撫でる。大丈夫だと言わんばかりの仕種《しぐさ》にさえ、フィアンの動揺は増すばかりだ。頭の芯まで沸騰して、意識が吹き飛んでしまいそうになる。

緋毛氈を歩くように促され、腰を抱かれたけれど、脚は固まったまま。パイプオルガンの音楽に合わせて退場するはずなのに、フィアンは動けなかった。

視界の端で、神父が心配そうな顔になっていたのに気づいたけれど、脚の震えは治まらない。

――ど、どうしよう。どうしたら……。

パニックになりながら、傍らのエストラルの腕を強く摑《つか》むと、花婿はフィアンの混乱を察したらしい。

「新妻に言うことではないが、ちょっと失礼」

そう言うと、体を沈めた皇太子は身廊の真んなかで棒立ちになったフィアンを腕に抱きあげた。

衣擦《きぬず》れの音は、皇太子がフィアンのドレスの裾をたくしあげるように引き寄せたせいだと気づくまで、いったいなにが起きたのか理解できなかった。

「な、なにをして……お、下ろしてくださいませ……重たいですから！」

背が高いエストラルに抱きあげられて視界が高くなり、フィアンは彼の腕のなかで身じろいだ。けれども、エストラルの逞しい腕に封じられて抵抗らしい抵抗にはならない。

「重いなどと……見た目どおり、王女は軽い。ちゃんと食べているのか、心配になるくらいだ。そういえば、昨晩もろくに食事をとらなかったのではないか？」

「淑女は、ひ、人前では食事は控えるものです！」

ひょいと、まるで親しいものにするように顔をのぞきこまれ、フィアンの心臓は壊れた。正確には、壊れたように跳びはねた。

——こ、この方はわざとやっていらっしゃるの？　天然の人たらしではないのかしら？

エストラルの腕のなかでフィアンは真っ赤になって震えた。

しかし、抱えあげた花嫁が軽いと言ったのは、決してお世辞ではなかったらしい。そんなやりとりの間も緋毛氈の上を悠々と歩いていたエストラルと抱かれたフィアンは、大扉を出たとたん、わぁっという大喝采に迎え入れられた。

大聖堂のファサード前に陣取っていた写真機も、フラッシュを焚いて一斉にシャッターを切っている。フィアンがエストラルの腕に収まっているところが、このままでは明日の新聞の一面を飾るに違いない。

「お、下ろしてください……殿下。こ、困ります……わたし、わたし……」

——フィオーヌ王女殿下だったら、絶対にこんなことにはならないはずなのに。

身代わりだというのに、目立ちすぎではないか。

しかも、それが結婚式の証拠として新聞に載ってしまうなんて、分不相応にすぎる。あとから王女になにを言われるかわからない。

文句を言うくらいなら、そもそもいなくならないでほしいとフィアンとしては思っている。

しかし、フィアンが王女らしい振る舞いができていなかったとき、彼女はどこかからかそのことを知るといつも、呆れたようにフィアンを叱りつけた。

『身代わりの駄賃は払っているのだから、きちんと仕事をしてちょうだい』

そう言うと、フィアンを礼儀作法の家庭教師の下へと送りだしたものだった。

エストラルに抱きあげられたこの行為は、ちゃんとした身代わりになっているだろうか。王女からダメ出しをされないだろうか。

内心で焦るフィアンの気も知らず、エストラルは花嫁に甘く囁く。

「困りますなどと、そんな可憐《かれん》な声でかわいいことを言う……いいから、みんな王女の花嫁姿を見に来たのだ。笑って手を振って……ほら」

促されるように、ファサード前の階段の上で、手を振ると、また一段と歓声が大きくなった。

「あ……あぁ……」

歓声が大きくなればなるほど、身代わりでごめんなさいと思ってしまう。

そんなフィアンの心情を知る由もないエストラルは、民衆へのサービスのつもりなのだろう。

腕のなかのフィアンを抱え直すと、ちゅっと音を立てて、啄《ついば》むように唇を奪った。

「で、殿下……な、なにを、して……！」

不意打ちのセカンドキスに、フィアンの顔は耳まで真っ赤になった。

「なにと言われても、新妻にキスをしただけだが……ほら、みんな喜んでいるだろう？」

苦情をしれっと受け流されて、爆発しそうなフィアンの感情は行きどころがない。

自分でもなにがなんだか、もうよくわからない。

羞恥のあまり卒倒しそうなのに、頭の芯まで蜂蜜で蕩《とろ》かされたように甘ったるい気分に満たされている。

——嫌なのに、心底嫌じゃないなんて……！

エストラルに抱かれてときめくのと、自分の失態に身がすくむのとを繰り返しながら、フィアンはまたパレード用の馬車に乗せられて王城へと戻っていった。

その道すがら、今度は三回目のキスをエストラルに奪われてしまったのだった。

† † †

——甘いときめきも極上の美丈夫も、もうお腹《なか》いっぱい……。

王城に戻って、裾の長いウェディングドレスからドレスへと着替えたフィアンは心身ともに疲れ切っていた。

初めて会う人なのだからごまかしやすいだろうと考えていたけれど、甘かった。

エストラルに振り回されっぱなしで、王女らしい振る舞いを気にかけるどころではない。

キスをされるたびに王女の仮面が剥《は》がされ、素の自分になってしまっていた。

いまはエストラルにとっての王女はフィアンでも、入れ替わったあとで、違和感を覚えるかもしれない。そのときには、王女にフィアンの真似をしてもらう必要があるだろう。

自分の失態の尻拭いをフィオーヌ王女にお願いすることを考えると、少々頭が痛かった。

――早く元のフィアンに戻って、パブの客を相手にくだらない冗談を言って過ごしたい……。

しかし、そんなささやかな願いは簡単に打ち砕かれる。

神聖ゴード帝国の皇帝陛下夫妻とランス公国国王夫妻とともに過ごす食事会を終えたあとになっても、フィオーヌ王女は戻って来なかったのだ。

「まだ？　まだ、殿下は見つからないの？」

食事のあと、祝賀のための舞踏会の場で、扇に口元を隠しながら、フィアンはメリーアンに耳打ちした。声には焦燥感が滲《にじ》む。

「申し訳ありません……心当たりを全部捜しても、見つからないようです。いまは公都の宿を捜させているとのことですが、なにぶんにも観光客が多い時期ですので、はかばかしくない進捗のようで……公《おおやけ》に捜すわけにも参りませんから」

「ええ……ええ、そうよね。皇太子殿下に動きを知られたら困るもの……」

皇帝夫妻まで招いての結婚式なのだ。

王女が逃げたと知られるわけにはいかない。

しかし、メリーアンからの回答を聞くたびにフィアンは絶望的な気持ちになっていた。

「でももし……もしも、このままフィオーヌ王女殿下が戻られなかったら……」

初夜はどうするのかと朝に話していたことが、突然に現実味を帯びて迫り、フィアンはうろたえた。

考えたくないけれど、時間は刻一刻と過ぎていく。

宵《よい》の口を過ぎて、窓の外は既に真っ暗だ。

大広間はランス公国の現在の権勢を示すように、豪奢《ごうしゃ》なシャンデリアがいくつも垂れ下がり、明るい光を放っていた。

電気が普及しているとはいえ、未《いま》だに夜の灯りは贅沢《ぜいたく》の象徴だ。明るくしようと思えば思うほどお金がかかる。

鉄骨で出来た大きな駅やガラス天井で覆われたパサージュを見れば、ランス公国の豊かさがわかる。夜になればガス灯が路地のあちこちを照らすせいか、公都は夜に出歩いても安全なほど治安がいい。しかも、迎賓館や城の一部は電気の灯りが贅沢に取り入れられ、訪れた人々を驚かせていた。

電気が普及する前の舞踏会というのは、どれほど暗かったのか、もはや想像できない。すっかりと慣れてきた明るさを疎《うと》ましく感じて、フィアンはため息を吐いた。

——もっと大広間が暗ければ、その薄闇に乗じて身を隠しやすいのに。

本日の主役としてはあるまじきことだが、できるかぎり、誰とも話したくなかった。

話す相手が増えれば増えるほど、身代わりのボロがでやすいからだ。

一方で、王女から用事を言伝《ことづて》られている体《てい》で話を続けるメリーアンのほうは、フィアンほどの切実さは感じていないようだった。

「初夜は確かに問題ですね……眠り薬のほうは用意しておきましたが、どのタイミングでお持ちすればいいのでしょう？　もし結婚式がお嫌で雲隠れなさっていたのでも、さすがに明日になれば王女殿下も帰ってくると思います。一晩だけ皇太子殿下に眠っていただければ、万事解決です！」

名案でしょうと言わんばかりの自慢げな顔をされ、フィアンは頭が痛くなった。

主《あるじ》が主なら、その侍女もまた侍女だ。我が儘でいて帳尻合わせが得意なフィオーヌ王女は、言い換えれば、楽観主義なのだ。

憂鬱《ゆううつ》そうな面持ちをした王女は、悲観主義者の皮を被った楽観主義者にすぎない。

王女の儚《はかな》げな風貌に、フィアンは何度騙されたことか。

フィアンとしては重要な儀式や高位の貴族と同席する身代わりは、ばれたら困るからと辞退したいのに、王女は気にするふうでもない。

『なにを言ってるの。わたくしとフィアンはこんなにそっくりなんだもの。ニセモノですと告白したところで冗談だと思われるだけよ』

と言ってからからと笑われて終わった。

メリーアンも主のそんな気質を受け継いでいるのだろう。なんの慰めにもならない策を授けられ、フィアンの頭痛の種は増すばかりだった。

「メリーアンさま……本当に眠り薬を用意なさったのですか？　皇太子殿下に薬を盛るなんて、そんな畏れ多いこと……しっ、またあとで話しましょう」

人が近づいてくるのに気づいて、フィアンはメリーアンとの密談をやめた。

エストラルがランス国王と話をしているところからそっと席を外し、メリーアンに状況を確かめていたが、いつまでもそうしているわけにはいかない。視界の端に、この大広間で誰よりも豪奢な服装を身に纏った一対が迫っているのを捉えて、フィアンは扇で侍女に下がるようにとの仕種をした。

息子の嫁に話しかけようというのだろう。神聖ゴード帝国の皇帝夫妻がフィアンのそばに近づいてきたのだ。

「ごきげんよう、フィオーヌ王女。このたびは、息子との結婚を喜ばしく思います。昼間の大聖堂での式はとても素敵でしたわ」

先に口火を切ったのは皇后陛下だった。

つまりこの結婚に関しては、皇后の意向が強く働いているということだろう。

隣で厳めしい顔をしている皇帝と皇后の関係をすばやく察しながら、フィアンは体を沈めるお辞儀をした。

長年、パブで培《つちか》ってきた人間観察眼がこんなところで役に立つとは。

——この場合、声をかけてくださったのが皇后でも、皇帝にも挨拶をするのが正しいのよね？

序列を考えての礼儀は、舞踏会ではもっとも難しい。

近くに控えているメリーアンに目を走らせると、小さくうなずいてくれた。

「ご機嫌麗《うるわ》しゅうございます……皇帝陛下並びに皇后陛下。ランス大聖堂は我がランス公国だけでなく、近隣諸国にとっても大切な聖地です。神聖ゴード帝国の皇后陛下がお言葉を残してくださったとなれば、きっと巡礼に訪れたものもその祝福を喜ぶことでしょう」

慎重に言葉を選んで答えれば、息子の嫁としては及第点の回答だったらしい。皇后は口元の笑みを深めた。

エストラルの母親は、口元には年齢を感じさせる皺《しわ》があったが、張りがある声は若い。深緑のドレスにはレースやビーズ飾りがふんだんに施され、胸元を飾る首飾りも、さすがは大国の皇后だ。大きな雫《しずく》形のダイヤが煌《きら》めいていた。

静かな威厳を讃《たた》えて微笑みを浮かべた皇后と、白と黒が入り交じった長い髭《ひげ》を撫でつけた皇帝とがフィアンを取り囲むように立つ。

フィアンはライン公国では決して背が低いほうではないから、皇帝夫妻の身長が高いのだろう。エストラルの背の高さを思えば、ありそうなことだった。踵《かかと》の高いヒールを履いていても、フィアンの体は皇帝夫妻の陰に隠れてしまう。

誰か助けて！　と叫びたくても、誰からも救援の合図を見て取ってもらえそうになかった。

「ええ、ええ……ランス大聖堂はわたしたちみんなの聖域ですわ。ねぇ、陛下？」

「そうだな。由緒正しき大聖堂で式を挙げたいという王女の希望に添ったのだが、悪くはなかった」

「は……？　あ、ああ……そうでしたわ。もし、皇帝陛下に気に入っていただけたのでしたら、わたくしとしましても、無理をお願いした甲斐《かい》がありました」

慌てて取り繕《つくろ》ったものの、一瞬、ひやりとさせられてしまった。

――フィオーヌ王女殿下の希望って……殿下……そんな無理をおっしゃって、しかも希望が叶《かな》っているのに、なんでいなくなられたのですか⁉

どんな駆け引きがふたつの国の間でやりとりされたのかはわからない。ネルラ女官長でさえ詳細は知らないとのことだったから、フィアンがごまかしながら乗り切るしかない。

しかし、どうやらフィオーヌ王女の口車に乗せられて、ランス公国で――ランス大聖堂で結婚式を挙げることになったようだ。

――それとも、ランス公国で式を挙げなければ嫌だと駄々《だだ》をこねれば、この結婚話がなくなると思ったとか？

本当のところはどうなのだろう。

ネルラ女官長は王女がこの結婚を嫌がっていると言っていたけれど、王女の口からどう思っているのかを聞いたことはなかった。

——王女殿下はこの結婚に賛成だったのかしら？　それとも、避けたい理由でもあったのかしら？

貴族や王族の娘というのは親の決めた相手に嫁ぐと聞いている。

市井でも、最近は好きな人と結婚する人が増えたといっても、やはり親が決めることが多い。結婚適齢期のフィアンが、どこかに嫁がされるでもなく、こんなふうに王女の身代わりをしているのは、王城からの依頼だからという以上に、父親が許してくれているところが大きい。

ちらりと、少し離れた場所でエストラルと話すランス国王に視線を向ける。

大広間の一段高い場所で、緋色《ひいろ》の幕《まく》の前に立つ国王は今宵《こよい》は機嫌がよさそうだ。

ワインを何杯も口にして、皇太子にもしきりと勧めている。このまま、皇太子殿下を酔いつぶしてくれればいいのにと、ひそやかに心で呟いたのは内緒だ。

「エストラルも本当に楽しそうにしていて、よかったわ。旅は大変ですけど、いまは汽車がありますでしょう？　皇帝陛下も帝国を離れていい気晴らしになったようで……」

「そうでしたか。短い滞在ではありますが、ランス公国で寛《くつろ》いでくださいませ」

そつのない会話をこなすフィアンが視線をわずかに逸らしたことに気づいたのだろう。皇后も皇太子とランス国王に目を向けた。

壮年を過ぎた国王は、ひとり娘にして唯一の王位継承者である王女に甘い。

そもそも、ランス公国を継ぐのはフィオーヌ王女しかいないのだから、国王も内心ではこの結婚に反対だったのではないか。

考えを巡らせているうちに、フィアンはだんだんと不安になってきた。

女官長に対するちょっとした恩返しのつもりではじめた王女の身代わりだったが、国同士のしがらみはただの町娘の手には余る。

――わたし、とんでもないことに巻きこまれているのではないかしら……王女殿下、早く戻ってきてください。これ以上は、ボロが出てしまいそうです！

悲鳴のような訴えを心のなかで叫んだところで、

「なにやら楽しそうな話で盛りあがってますね。仲間に入れていただけませんか？」

背中に冷や汗が滲んだフィアンに助け船を出してくれたのは、王女ではなかった。

エストラルだ。ランス国王といっしょに自分の両親に近づいて、親しそうな目線を交わしている。

「おや、母上は早くも嫁いびりをなさっていたのか……フィオーヌ王女が怯《おび》えているじゃありませんか」

「冗談はよして、エストラル。ランス公国の跡継ぎの王女というからにはどんな女傑《じょけつ》かと思ったら、存外かわいらしい方だと思っていたところなのよ」

「も、もったいないお言葉です……エストラル殿下もお気遣いありがとうございます」

　フィアンが軽く体を沈めて礼をすると、答えるようにエストラルは口元を綻ばせた。

　皇后と皇太子のわずかなやりとりで、フィアンは察してしまった。

　――皇帝夫妻と皇太子は仲がいい親子なのだわ。

　ほんの少し話しただけだが、皇后は朗らかな人柄のようだ。

　大国の皇帝夫妻というからには、もっと恐ろしくて冷ややかな関係を見せつけられるのではと怯えていたが、いいほうに予想は裏切られた。

「旅はいいわねと話していたところよ。ねぇ、陛下？　今度はフィオーヌ王女にも我がゴード帝国の帝都に来てほしいわ」

「おお……そうだ。なにせ急な話で支度が終わらなかったが、王女のための宮を用意させているところだ。我が帝国に来る日を心待ちにしてるぞ」

「ありがとうございます。陛下のお心遣いに感謝いたしますわ」

　なにやらつまびらかにされていない約束が垣間見える言葉に、フィアンは曖昧な笑みを浮かべて礼をするだけに留めた。

　社交は皇后主導で、皇帝はそれを受け入れている。

　この場のホスト――舞踏会の主催者はランス国王のはずだが、帝国の皇帝夫妻を前にして、いつもの威厳はすっかりと霞《かす》んでしまっていた。

　ランス国王は、一歩、話の輪から外れると弦楽器を手にした一団に向かって手を挙げる。

「話が一段落したなら、曲をはじめようか」

王はそう言って、フィアンとエストラルにダンスフロアに出るように促した。

「本日の主賓が踊らないと、ほかのものが踊れませんからな」

「確かに。では、フィオーヌ王女。わたしと踊っていただけますね？」

問いかけの形をとっていたものの、有無を言う隙はなかった。フィアンはエストラルの強引なエスコートで前に出され、衆目にさらされる。

綺麗に着飾った紳士淑女は美しいが、いまのフィアンにとってはまるで敵陣で孤立無援になった剣士の気分だ。

扇で口元を隠して和やかな笑みを浮かべている貴婦人も、フィアンがニセモノだと気づいたら、きっと表情を一変させるに違いなかった。

大広間に集う人々はいくつかの集団に分かれており、入り口に近いほうには、招待されたなかでは身分の低い貴族たちが群れをなし、フィアンたちがいた場所は王族に連なる貴族が多かった。帝国の貴族も何人か招かれていたが、彼らは彼らで窓際に集まって談笑している。

そんな人々を睥睨《へいげい》するように背筋を正し、磨きこまれた白と黒の大理石の上に立つ。

――王女殿下らしく、この場にいる若い令嬢の誰よりも身分が高いことを忘れないように。

フィアンはエストラルと手を合わせ、ホールド――ダンスを踊れるように組んだ。

「王女というのも堅苦しすぎるな……フィオーヌと呼んで構わないだろう？　私たちはもう夫

婦になったのだから」

「は、はい……そうですわね」

音楽が前奏を奏ではじめ、フィアンの意識はリズムを取ることに奪われた。

——ワン・ツー・スリー、ワン・ツー・スリー……ワンで右足を前へ。

タイミングを間違えないように足を踏み出せると、少しだけほっとする。

「フィオーヌ？　難しい顔をしてるが……具合でも悪いのか？」

「できれば話しかけないでいただきたい……あ。い、いえ、あの……ええ、じ、実は少し疲れすぎて足がうまく動きませんの……もし殿下の足を踏んでしまったら申し訳ありません」

顔をのぞきこまれてどきりとさせられたが、難しいステップがないワルツだから、どうにか会話を取り繕うことができた。

——あぶない。うっかり本音を口にしてしまったじゃない。

冷や汗を背中に滲ませながら、フィアンは引《ひ》き攣《つ》った笑みを浮かべた。

実を言えば、フィアンはダンスが苦手だった。

孤児院や病院への慰問に、国を挙げての事業の壮行式といった、普段は王女と接点のない相手と会う身代わりはそつなくこなしてきたフィアンだったが、貴族の風習だけはいまだになじめないでいる。

その最たるものが、ダンスなのだった。

一方で、フィオーヌ王女はダンスが巧《うま》いのだというのだから、悩ましい。

フィアンは上手下手を見分けられるほどの、ダンスの審美眼を持たないが、見るものが見れば違和感に気づくかもしれない。舞踏会でダンスを踊らなくてはいけないときには、健康そうな顔色を化粧でごまかして、『具合が悪い』という言い訳を繰り返していた。

今回も、エストラルがのちに本物の王女と踊ることを考えたら、言い訳をせずにはいられなかったのだ。

「確かに今日は疲れましたね。パレードをして結婚式をして、またパレードをしてこの舞踏会ですから」

苦笑するエストラルの声を聞きながら、フィアンはこれだと思った。

「え、ええ……正直に言えば、いますぐこの場にくずおれてしまいそうなほどですの……」

――皇太子殿下だってお疲れでしょう？

言外にそんな意味を含めて視線を向ければ、その意図が通じたのかどうか。

エストラルはフィアンの体をくるりと回してフィニッシュのポーズをとった。

「それはいけないな。最初のワルツを踊って、これでもう十分、主賓《しゅひん》の役目が果たせたはずだ。休憩いたしましょう」

そう言って、ダンスを終えて挨拶をしたエストラルは、フィアンの腰に手を回して大広間の出入り口へと足を向けた。

「休憩……そう、ですわね……」

——ひとりになりたいのです、殿下！

顔だけは笑みが貼りついているけれど、心のなかは叫んでいる。

——実際、朝からばたばたしていて疲労困憊《ひろうこんぱい》ではあるのだけど……。

表立ってエストラルの申し出を断るわけにはいかないのが辛《つら》いところだ。

もちろん、結婚式の夜に花嫁が花婿を拒否するなんてできないし、そうでなくとも、エストラルは人を従わせることに慣れた物言いをする。普段から、父親や兄から仕事を言いつかることが多いフィアンは、考えるより先にエストラルの言葉のとおりに体が動いてしまっていた。

「君、ワインをふたつ、休憩用の部屋《ドローイング・ルーム》に頼む」

エストラルのそんな言葉を聞いて、フィアンはぎくりと身をすくませた。

本当のフィオーヌ王女なら、どんな言い訳をしてこの窮地をしのいだだろう？

——ううん、違う。王女殿下なら、この方から逃げる必要なんてないのよ。本当の夫婦なんだから。

そう思うのに、なぜだろう。王女はエストラルのこの強引さに抗《あらが》って、すり抜けてしまう気がした。

ちょうどいま、城の捜索の手をうまく逃れて、見つからないように。

† † †

大広間には人がたくさん集《つど》い、心地よい喧噪《けんそう》が満ちていたのに、一歩奥へ入るとその気配すら感じなくなるほど、王城のなかは広い。

――そうでなければ、人払いをされているのかしら。

休憩用の部屋に至る廊下がやけに静かに感じて、フィアンの胸の鼓動は嫌な意味で高鳴っていた。冷や汗が滲んで背中を伝う。

「フィオーヌ、具合はどうだ？　歩くのが辛いようだったら、大聖堂のときのように抱きあげてやろうか？」

「け、結構ですわ！　殿下のお気遣いには感謝していますが、大丈夫です。歩けます！」

するりとフィアンの背後に回ったエストラルに、また抱きかかえられそうになり、フィアンは慌てて体を捻った。

「おっと……やっぱりよろけているじゃないか。おとなしく言うとおりになさい。なに、私はこう見えて軍にいたこともあり、鍛えているのだぞ？　フィオーヌの体重なんて羽根のようなものだ」

抱かれるのを避けたせいでよろけたのに、エストラルの動きはすばやく、言い訳する暇もなかった。気がつくと昼間と同じく、フィアンは逞しい腕に抱きあげられていた。

「ほら、軽いではないか……ん？　妙な遠慮は不要だ」

本当に重さを感じてないのだろう。フィアンの体をさらに持ちあげて、耳元で低い声で囁く。まるで獲物に狙いを定めた捕食動物のようだ。欲望の入り交じるエストラルの声音に、背筋にぞくりと甘いおののきが走った。

「え、遠慮などでは……なくて……」

どう言ったら、かりそめの花婿の腕から逃れられるのだろう。

真っ赤になったフィアンはエストラルに抱かれたまま、頭の芯まで沸騰しそうな心地に震えた。

腕に抱く娘が自分の言葉に一喜一憂する姿に、男がどれだけ征服欲をそそられているのか、初心なフィアンに気づく余裕はない。扉が開く音にびくんと身を震わせた瞬間、エストラルが楽しそうに口角を上げたことも。

――怖いのは、気がつくと流されてしまう自分なのかもしれない。

密室にふたりきりになると、心臓が高鳴るにつれ、端整な顔立ちの皇太子を意識してしまう。彼は自分の恋人でも配偶者でもないと理性ではわかっている。けれども、エストラルにとっては、フィアンは本当の花嫁なのだから、始末が悪い。

こんな素敵な貴公子に、甘やかな雰囲気で睦言《むつごと》を囁かれているのだ。意識しない娘なんて、ランス公国ばかりか、近隣諸国中を捜したっているわけがない。

——皇太子殿下の手から逃れるには、どうしたらいいの？

もしフィオーヌ王女が城に戻っていたとしても、これでは入れ替わることもできない。

ソファの上に下ろされて、隣り合って座ると、エストラルの手がフィアンの後《おく》れ毛《げ》を掻きあげて耳にかけた。そんなちょっとした仕種にも、フィアンの心は勝手に動揺していた。

王女だったら、こんなとき絶対に簡単に流されたりしないと思うのに、心までそっくりに真似することは難しい。

我が儘で気まぐれなフィオーヌ王女だが、さすがは公国の跡継ぎというべきか。芯はしっかりしていた。

だからこそ、ネルラ女官長も侍女のメリーアンも、振り回されながらも見捨てずに王女に仕えているのだろう。

フィアンもそうだ。顔が似ているせいもあるけれど、どこかしら王女には惹かれるものを感じていた。

王女のことを思い出すと、幾分冷静さが戻ってくる。

パチリと音をさせて扇を開き、フィアンはつんと顎を上げて気を取り直した。

「皇太子殿下はわたくしをからかっておいでで？　それとも焦っておられるのですか？」

ちらりと流し目で、隣に座るエストラルを盗み見る。

澄ました顔で流し目をするのはフィオーヌ王女がよくやる癖だ。メリーアンの監修の元、何度も練習させられた。

――似ているとのお墨付きをもらっているから、これはきっと王女らしく見えるはず。

自己満足でしかなかったが、王女の真似をすると我を失う心地が遠のく気がした。そこに、ノックの音が響いた。すかさずエストラルが許可を与える返事をする。

「失礼いたします」

そう言って室内に入ってきたのは、メリーアンだった。わざわざ給仕のエプロンドレスのお仕着せを身につけて、ワインの入ったグラスをふたつ、銀盆に載せている。

どうやら先ほどエストラルがワインを注文していたのを聞いていたらしい。

フィアンは安堵《あんど》したのを面《おもて》に出さないように、視線を俯せた。

「そこに置いてちょうだい」

ここは王女の城なのだから、主らしく鷹揚《おうよう》にうなずいて、サイドボードを扇で指し示す。

一瞬だけ、メリーアンはエストラルに見えないようにフィアンに目配せをして、ワイングラスの一方を指差した。

声にならない言葉を察して、小さくうなずいて返す。緊張に身が強張っていた。

最後に話していたのは、初夜をやり過ごすために、エストラルを眠らせてはどうかという話だった。つまり、指差されたワイングラスには眠り薬が入っているのだろう。

来たときと同じように、すばやくメリーアンが出ていくのを見届けると、フィアンは気怠《けだる》そうにため息を吐いた。

ぐったりとソファの背に体を預けて、いかにも体が辛いのだという演技をする。

エストラルがその演技をどう受け止めたのかはわからない。彼はおもむろに立ちあがり、サイドボードからワイングラスをとると、片方をフィアンに差しだした。

「一口いかがです？　体が温まりますよ」

「……わたくしはあまりお酒が強くなくて。よろしければ殿下が両方とも召しあがってくださいませ」

エストラルが知っているかどうかわからないが、これは本当のことだ。フィオーヌ王女は基本的に人前では酒精をとらない。

逆にフィアンのほうは、実家がパブをやっていることもあり、酒に酔ったことはないほど強いのだが、いまは酒の匂いを嗅ぎたくないとばかりに顔を背けてみせる。

――これで、皇太子殿下がワインを飲んでくだされば……。

ひとまず危機を脱出できる。

自分が不敬な望みを抱いているのはわかっていたが、身代わりの花嫁を抱いていただくのだって申し訳ない話だ。

――これでいい……舞踏会で皇太子殿下とダンスをするなんて、素敵な夢を見たのだわ。ここで別れたら、もうエストラルとは会わないかもしれない。

そう思うと、少しだけ胸の奥がちくりと疼《うず》いた。

階下では、まだ舞踏会が盛大に続いているのだろうか。

渡り廊下を隔てたこの棟までは、耳を澄ましてもかすかな弦楽の調べすら届かない。

舞踏会のための休憩の部屋だというのに、こんなに隔てられているのがフィアンには不思議だった。それとも、もう大広間のことは忘れていいと言わんばかりに、あえて喧噪の気配を消しているのか。

身代わりの王女に過ぎないフィアンには、城のような高貴な人々の建物はよくわからなかった。

ちょっとした休憩の部屋だというのに、部屋には磨きこまれたクルミ材のボードが置かれ、高価そうなガラスでできた花のシェードランプが華やかに室内を照らしている。

公都ランス＝ランカムの市街地も、リヴァイアサンやドラゴンを意匠した街灯や、ガラス天井を持つパサージュの広間を見て、旅人は唖然とさせられるようだけれど、やはり城のなかは格が違う。

――だんだんと瀟洒《しょうしゃ》な家具を見慣れてきて、その質の違いを見て取れるようになっている自分が怖い。

フィアンはため息交じりに苦笑した。

――早くワインを飲んで……眠りに落ちて……殿下。

楽しい思い出にして別れるのだとフィアンが決意しているうちに、この役目から解放されたい。

そんなふうにじりじりと心の奥に焦燥感を抱きながら、エストラルが意識を失うことを祈っていたのに、願いははかなく打ち砕かれた。

「フィオーヌが酒の匂いが嫌なら、私も口にしないほうがいいだろう。近づいたときに気分を悪くされても困るからな」

エストラルはそう言うと、手にしていたグラスを銀盆に戻してしまったのだ。

「え……ええ？」

たったいましたはずの別れの覚悟は霧散して、目を瞠《みは》ったフィアンは具合の悪い振りを忘れていた。

呆然《ぼうぜん》とエストラルを見上げていると、彼は隣に座り直して、フィアンの髪に触れる。結いあげていた髪を留めた髪飾りが外され、フィアンの長い髪がはらりと肩の上に広がった。

王女とよく似た亜麻色の髪は、身代わりをするようになってから、整えるだけで切っていない。姿形だけなら自分でも見間違うほど、本当によく似ている。

けれども、表情まで真似できているだろうか。隣に座る貴公子から顎に手をかけられたフィアンはいま、素の自分になって凍りついていた。

ともすれば肩が触れ合う距離でソファに腰掛けているのだから、互いの距離が近いことはわかっていた。親密になることを期待されて、密室にいることとも。

しかし、端整な顔が間近に近づくという経験は、何度あっても慣れるものじゃない。

鼓動が跳ねたとたん、凍りついたように固まったフィアンに、エストラルの顔が近づく。

「ん……んぅ……」

ぎしりとソファが軋《きし》んだ音を立てるのを聞きながら、唇を奪われていた。

唇だけじゃない。手も重ねられている。

まるで恋人同士がするような行為だと気づいて、また熱が上がりそうになる。

「酒精が苦手な人は口移しに含んだだけでも気分が悪くなると聞いているから、私も呑まないほうがキスする分にはいいだろう？」

エストラルの台詞は、ある意味では思いやりに溢れているのかもしれないが、いまのフィアンにとっては逆だった。

――そうではなくて！

「こ、皇太子殿下……でも、わたくし……は体調が……その」

「エストラルだ。私が名前で呼んでいるのに、皇太子殿下はないだろう、フィオーヌ？」

強引な声音に、強い意志を感じる。

為政者の声をフィアンは持たないがゆえに、どきりとさせられた。声の高低も話し方もまったく似ていないけれど、フィオーヌ王女も人を従わせて当然といった話し方をする。

その違いに、エストラルが気がつきませんようにと祈ることしかフィアンはできなかった。

「で、殿下……を呼び捨てにするなんて畏れ多いことですわ。その……殿下？　大広間に戻らなくていいんですの？」

主導権をエストラルに握られ、焦ったフィアンはつい、本音を漏らしてしまっていた。

自分から自分の望みを口にしないというのは、駆け引きの初歩の初歩だ。

なのに、エストラルにじりじりと攻められて、フィアンはまったく余裕がなくなっている。

現実にも、ソファの背に背をつけた状態でエストラルの腕に囲まれ、身動きがとれない。

進退窮まった状況だった。

「エストラルだ。そんなに複雑な名前じゃないだろう？　その可憐な唇で私の名前を口にしてごらん？　フィオーヌ」

自分の名前じゃないというのに、『フィオーヌ』と呼ばれたとたん、情欲を帯びた声に頭の芯が甘く痺れた。

フィアンとフィオーヌと、もともとよく似た発音なのだ。だから、王女の名前を呼ばれても、フィアンは自分の名前と同じようにすぐに反応できる。しかし、いまはその名前の相似さえ、フィアンを悩ませる理由になっていた。冷静さを取り戻せたと思ったそばから、頬が熱くなって困る。

花嫁の身代わりというのは、フィアンが考えていたのよりずっと性質《たち》が悪い。

帝国の皇太子と属国の王女の政略結婚なのだから、もっと割り切った関係だろうし、お互いの間には距離感があると思いこんでいた。

けれどもいま、フィアンとエストラルの距離は近すぎる。控えめに言っても皇太子の態度には好意が滲んでいる。

もし、彼が新妻を大事にするつもりで結婚を決めたのだとしたら、なおさら甘い囁きは危険だった。真剣な声の響きを感じとり、心がぐらぐらと揺れてしまう。

――わたしに向けて話しているわけじゃないとわかっているのに、どうしてドキドキさせられてしまうの。

フィアンの心の揺らぎはエストラルにも見抜かれているのだろう。なだめるように髪に手を伸ばされた。

「新妻の具合が悪いのに、ひとりで広間に戻れるわけがないだろう？　それに、わかってる。大丈夫だ」

逃げる場所がないまま、エストラルの腕に抱かれてしまい、ぽんぽんと背を叩かれる。今度は違う意味で心臓が跳ねた。

「わ、わかっているって……な、なんのことです」

――まさか、身代わりがばれた⁉

背中に冷や汗が滲んで、身が強張る。

初夜を避けようと頑張りすぎたかもしれない。挙動を疑われて、やっぱり本物の王女じゃないと気づかれたのだろうか。

死刑宣告を待つ心地でエストラルの次の言葉を待っていたが、どうも様子がおかしい。またやさしい手に髪を撫でられた。

「具合が悪いなどと言って……初めてだから、怖いのだろう？　大聖堂でキスしたときも、驚いた顔をしていたからな。初心な新妻もかわいいな」

「え？　ええ……!?」

緊張していたせいか、一瞬、言葉の意味を聞き取り損ねてしまった。

どうやら身代わりがバレたわけではないらしいと気づいて安堵したが、話されている内容もピンとこない。

――か、かわいいって……言われてしまいました。

こんな密着した状態で言われると、たとえ社交辞令だとしても、耳にくすぐったい。俯《うつむ》いてもどかしい気持ちが消化できるまでひとりになりたい。なのに、エストラルは腕に抱いたまま、離してくれる様子はない。

八方塞がりの心地で身を強張らせていると、エストラルはフィアンの顔を上げさせて、ちゅっと額《ひたい》にバードキスを落とした。

「こういうのは先に延ばせば延ばすほど怖くなるものだ。心配はいらない……やさしくする」

キスは目元に落ち、鼻に触れ、唇に辿《たど》り着く。

ちゅっ、ちゅっ、と音を立ててエストラルの唇が顔のあちこちに触れるたびに、まるで好きだと言われているような心地にさせられる。

甘やかな気分に浸りきってしまえばいい——そんな声がどこかから聞こえた気がした。

「んんぅ……」

軽く触れた唇が一度離れて、角度を変えてまた触れる。

エストラルの身につけたオーデコロンの甘い香りが鼻につき、その香りに頭の芯が蕩けた。

四肢の力が抜けたのを見透かされたのだろうか。身長差のある体格でソファに押し倒されて、フィアンの体はさらに囚われた。

「んっ、んん……殿下……待っ……ふむぅ……ッ」

溺れそうな心地にぞくんと背筋に震えが走り、フィアンはいやいやとむずかるように首を振る。なのに、エストラルは力のない抵抗を、初夜を前にした新妻のちょっとした怯えだと捉えたのだろう。

慰めるように髪に指を入れて、覆《おお》い被さるように強引なキスを深めただけだった。

「んっ、んんっ……」

甘いわななきにゆるんだ唇は、攻めたてる舌に割り開かれ、口腔への侵入を許していた。

他人の舌に舌を撫《な》で回《まわ》されるなんて、初めての経験だ。

ざらりという舌の感触が舌腹を動くと、やけに鋭敏に感じさせられてしまう。侵《おか》されているのは口腔なのに、下肢の狭間《はざま》がどくんと脈動して、体の芯が淫らに疼いた気がした。

官能を開かれる猥《みだ》りがましい感覚に体が自然とおののく。

なのに、そのおののきさえ搦《から》め捕られるように、エストラルの舌に口腔が蹂躙《じゅうりん》されていた。

「……っは、ぁ……んあぁ……っ」

ようやく唇を解放されても、感じさせられた舌は痺れたままで、うまく動かない。

苦情を言いたいのに、言葉がうまく紡げなくて、フィアンはソファに仰向《あおむ》けになったまま、きっ、と皇太子を睨みつけた。

不敬な振る舞いだとはわかっていたが、そうせずにいられなかったのだ。

「なんだ。そんな表情もできるんじゃないか……気に入った。んぅ……」

にやりと口角を上げて笑ったかと思うと、強引な皇太子はまたフィアンの唇を奪う。

見かけの端整さや煌びやかなジュストコールに騙された。

記者会見で記者たちを相手にしていたときから、エストラルはずっと自分の思いのままに行動していたのに、なぜだかフィアンは彼の強引さから逃れられると信じていたのだ。

「は、ぁ……あぁ……」

いったい何度キスをされたのだろう。

結婚式とそのあとのパレードの間といまと、すでに数え切れないほど唇を奪われたのに、いまだに慣れない。

口付けの回数の分だけ溺れていくようで、慣れるどころか、どんどんエストラルの好きにされている気がした。

唇が離れたところで、喘《あえ》ぐように新鮮な空気を吸っていると、ぐったりと力を失った体を持ちあげられる。背中で指先が動くのを感じた。

「具合が悪いのは、コルセットがきついからじゃないのか？　いくら淑女の嗜《たしな》みだとはいえ、最近はもっと楽な服装もあるだろう？」

貴族社会の頂点のひとりたる皇太子が言うには、奇妙な台詞だ。

コルセットや重たくて不自由なドレスは、貴族の象徴のようなものだ。庶民のフィアンはよくわかっている。

遠くで見ている分には華やかで憧れたけれど、王女の身代わりとなって実際に体験すると、想像以上に大変だった。

――もちろん、殿下がわたしはコルセットに慣れていないと知って、おっしゃったわけではないとわかってる。でも。

近代的な技術をいち早く取り入れた神聖ゴード帝国の皇太子は、古典的な服装をしていても、フィアンが考えていたよりずっと革新的な考えの持ち主らしい。

――こんな方なら、きっと王女殿下もうまくやれるのではないかしら。

考えを巡らせてフィアンが動きを止めたのに気づいたのだろう、エストラルはすばやくドレスを纏う体を回して、花嫁を俯《うつぶ》せにした。

ドレスの上衣は背中に留め金がついている。

あ、と思ったときには器用な手さばきで留め金が外され、コルセットの紐《ひも》に手をかけられていた。

胸を締めつけていたのが急に楽になり、息がしやすくなる。と同時に、背中がすぅすぅとして、心許《こころもと》なくなった。

「ウェディングドレスよりはましだが、パーティドレスというのも脱がせるのは面倒な服だな」

呆れた声を出す癖に、スカートを脱がせる手は迷いがない。

よくよく考えてみると、エストラルはあまり迷うということのない人のようだった。昨日今日と短い間しかやりとりをしていないが、会話運びも身のこなしもいつも次の瞬間には決断して、行動している。

それがフィアンがとまどう隙に、先手を取られてしまう最大の理由だった。

ゆるんだコルセットから胸をすくいだされ、大きな手で揉《も》まれるまで、呆気《あっけ》にとられて苦情の言葉ひとつだせなかったのだ。

「あ……や……あぁっ……」

腕の力だけで軽々と体を回され、下肢にはズロース、上半身には乱れたコルセットの、半裸姿のまま、膝の上に乗せられる。

「ドレスに隠されてわからなかったが、思っていたより大きくて触り心地のいい胸だ……まだ誰にも痕をつけられたことのない白い肌もそそられる」

ちゅっとうなじに唇が落ちる。

いま、初めて男の人に胸を触られ、さらにやわらかい唇でうなじに触れられると、ぞくんと得体の知れない震えが背筋を走った。

「あ……やぁ……ま、待って……殿下、んっ、んあぁんっ」

身悶《みもだ》えするフィアンの髪を、皇太子の骨張った指がうなじから掻きあげる。

その感触にさえ、ざわりと肌が粟立《あわだ》って、フィアンの紅を引いた唇からあえかな嬌声《きょうせい》が零れた。

待ってと言いながら、その声には甘えた調子が入り交じる。

自分がエストラルの声に情欲を感じているように、フィアンの鼻にかかった声に、皇太子がもの欲しそうに生唾を飲みこんだことを、フィアン自身は気づく由もない。

「そんな声を出されたら、なおさらやめられるわけがない……んっ」

ちゅっちゅっ、と唇がうなじから背中に落ちて、くすぐったいと思った次の瞬間には、肌を強く吸いあげられる。

「っつう……な、に？　んあぁっ……ッ！」

肩胛骨《けんこうこつ》の上についた赤紫の痣《あざ》は、フィアンには見えない。しかしそれが、男女の睦言のはじまりだということは理解できる。

これは初夜にする、花婿と花嫁の儀式なのだ。

なにをされてもエストラルに翻弄されるばかりで、フィアンの頭は混乱してばかりいる。

膝の上で身じろいだのを逃れようとする動きだと捉えたのだろうか、エストラルの指先がきゅっと胸の先を摘まみあげて、フィアンの体はびくんと跳ねた。

「いい反応だ……かわいくて、もっともっと、反応させたくなる……」

その言葉が終わるか終わらないかのうちに、ズロースの腰紐《こしひも》を解かれ、下肢の狭間に指を伸ばされた。

柔襞に中指の腹が当たると、ぞくりと腰の芯が疼く。

くすぐるように、割れ目を動く指が皇太子のものだと思うと恥ずかしくて、なのに猥りがましさを掻きたてられて、次第に秘処が濡れるのがわかった。

「んんっ、あ、ダメ、です……殿下の指が汚れてしまいますから……あぁんっ」

ぬるりと粘ついた液を絡めて指を動かされ、また甲高い声が漏れた。

ぞくぞくとした震えの波が体の内側で高まり、快楽に呑みこまれてしまいそうだ。

ぶるりとフィアンが身震いしたところで、エストラルの指先がひどく感じるところを掠《かす》めた。

「あぁんっ……あっあっ……やぁ、わたし……おかしく、なる……ひ、あぁんっ」

びくんびくんと体を跳ねさせて、フィアンの頭のなかは快楽に弾けた。

「緊張しているのが、逆に快楽を呼び覚ますんじゃないのか？　かわいいフィオーヌ。そのま
ま、快楽を感じているがいい……気持ちいいまま、終わらせてやるから」

初めての絶頂に気をやったフィアンにそんな言葉をかけて、エストラルは新妻の体を腕に抱
いて、部屋の奥へと運んだ。

ぎしりと軋んだ音を立てたのは、ソファよりも柔らかいベッドのスプリングだった。

上掛けを剥《は》ぎ取《と》ったリネンの上に体を横たえられ、ぎくりと身が強張る。

さっきから花婿がなにをしようとしているのかはわかっていたけれど、寝具の上に仰向けに
させられると、なおさら身の危険が現実に迫っていると感じる。

下半身のズロースは剥ぎ取られ、腹に残ったコルセットもなんの慰めにもならない。

慌てて手で胸を隠したフィアンの振る舞いは、くすりと鼻で笑われてしまった。

「少しだけ待っていろ。いまから存分に喘がせてやるからな？」

エストラルの手がフィアンの頬をするりと撫でて離れていく。

まるで長年の恋人にするような仕種だと思ってしまったのは、誰にも言えない秘密だ。

自分がされていい仕種じゃないのに、心は勝手にときめいていた。

ベッドから離れたエストラルは首元の白いスカーフを解き、ばさりと音を立てて、金糸の飾

りが付いた上着を脱ぎ、傍らの椅子に投げた。

優雅と言うよりは乱暴な脱ぎ方なのに、ちょっとした動きが様になっており、フィアンはエストラルが服を脱ぐところを注視してしまった。

ドレスシャツの袖のカフスボタンを外すときの腕の角度や、肩胛骨に寄った皺がまるで写真で撮っておきたいくらい格好《かっこう》いい。

――こういうところを新聞に載せてあったら、確かにわたしも買ってしまうかしれない。

エストラルの記事は人気があるというが、その理由の一端を初めて理解した気がした。

近隣諸国一、由緒正しい血筋の皇太子が背が高くてすらりと格好よくて、顔もいいなんて詐欺だ。

「ずるい……」

逃げなきゃいけないのに、思わず見入ってしまい、機会を逃している。

「なにがずるいんだ？」

飾り帯を外して、トラウザーズの前を寛げた格好でエストラルはベッドに膝をかける。

下着ごと、トラウザーズが絨毯の上に落ちる衣擦れの音がしたと思うと、エストラルの手がフィアンの腕を摑んだ。

片手だけで簡単に裸身を引き寄せられ、フィアンの腹に残っていたコルセットも剥ぎとられた。抵抗らしい抵抗はできないまま、あっというまに全裸にさせられてしまう。

裸のまま、ベッドの上で男の脚を自分の脚に絡められると、もうどうしたらいいかわからない。

生まれたままの姿になったフィアンの頭のなかは、真っ白になっていた。

膝を開かれて、その狭間に皇太子が顔を埋めたときも、まるで現実のこととは思えず、自分の喘ぎ声を遠くに聞くばかり。

「ん、あぁ……あぁんっ……ひゃ、くすぐった……ふぁあっ……」

柔らかい舌がひくついた淫唇を辿り、割れ目を濡らしながら、感じるところを探り当てていく。

「ひゃうんっ、そこ、は――あ……んあぁん……ッ！」

淫唇の感じる肉芽を舌につつかれたとたん、また快楽の波が高まり、びくびくと体が跳ねた。

二度目の絶頂で、息が荒く乱れて、フィアンはたまらずにリネンのシーツを握りしめる。

もどかしくて、くすぐったくて、体の内側を和毛《にこげ》で撫でられていくような感覚に呑みこまれてしまった。

「んっ、もう、これだけ濡れたら十分か……少し痛いかもしれないが……指を入れるぞ」

気をやって弛緩《しかん》したフィアンの淫唇に、エストラルは自分の骨張った指を挿し入れる。

「い、痛い……な、に……？」

知識では漠然と知っていたけれど、処女のフィアンは当然のように初夜の詳細を知らない。

下肢の狭間に走る違和感に、びくんと身を強張らせた。

「大丈夫だから……息を吐いて、フィオーヌ……そうだ。いい子だ」

子どもに言い聞かせるような言葉が嫌なのに、逆らえない。

さっきから何度もエストラルの声に甘やかされて、フィアンはすっかりとその手管に慣らされてしまっていた。

しかも、痛みを忘れさせようというのだろう。太股《ふともも》の内側を撫でて、さらには臍《へそ》のすぐ上に啄《ついば》むようなキスを落としてくるから、許してもいい気分にさせられてしまう。

何度かそんなやりとりを繰り返したあと、指を増やされて抽送できるようになると、エストラルは体を起こして、フィアンの唇にまたキスをした。

行為の最中にキスをするのは、普通のことなのだろうか。

頭の芯が甘く痺れて、体は痛みを訴えていても、されるがままになってしまうから、より始末が悪い。舌が歯列を撫でるのと同時に胸の膨らみをゆっくりとさすられ、ぞくぞくと膣道《ちつ》が収縮した。

エストラルの性戯に蕩かされ、体は勝手に熱を上げて、もの欲しそうに疼いている。

「んっ、はぁ……あぁんっ……あぁ……」

唇が離れたところで熱っぽい声が漏れたから、フィアンの体が快楽を求めているのは知られてしまったのだろう。

花嫁の膝を抱えたエストラルは、自分の腰を淫裂に押しつけるようにして、狭隘《きょうあい》な場所を割り開いた。

気づいたときには、硬く膨らんだ男根に体を貫かれていた。

「ふ、あぁ……い、た……っ、痛い……で、殿下……やぁっ」

快楽を感じていた体に突然痛みが走り、花婿の逞しい肢体の下で、フィアンは呻いた。

「息を吐いて、力を抜いて……無理なら、脇の下をくすぐってやるぞ」

半分冗談めかして言われたのはわかったが、フィアンはびくんと身を震わせて、必死で息を吐いた。こんな状態でなくても、くすぐられるのが嫌だったからだ。

すると、淫唇を貫く肉槍がずずっとさらに奥に入った。思わず息を呑んだフィアンの上で、エストラルがくすりと笑う。

「かわいいな、フィオーヌは……思ってたよりずっと、かわいい」

こんなときに、かわいいと言うなんて反則じゃないか。

痛みとうれしさで心が裂かれ、頭がおかしくなってしまいそうだ。

しかも、フィアンのそんな複雑な感情はわかっていると言わんばかりに、また唇に唇を重ねてくるなんて。

――こんなの……溺れてしまって当然じゃないの……。

「ん……奥まで入ったな。動くぞ……フィオーヌ、息を吐け」

そんな言葉を言い終わるより早く、膣道をみっちりと穿《うが》っていた肉槍が引かれ、身が強張りそうになった。それを見越して命令口調で息を吐くように言われたのだと気づいて、体に残っていた息を無理やりに吐きだす。

――やさしくお願いする殿下と、突き放したように命令してくる殿下と……どちらが本当の殿下なのかしら。

頭の片隅に浮かんだ疑問は、また肉槍が体の奥を穿った衝撃で霧散した。

痛い。足の上に重たい酒瓶をうっかり落としたときも痛かったけれど、それとは比べものにならないほど痛い。かすかに破瓜《はか》の血の匂いがして、フィアンはああ、と嘆息した。

――逃げられなかった。最後まで殿下に抱かれてしまった。

耐えがたい痛みと言葉にならない衝撃とで、フィアンは心が裂かれそうになっていた。なのに、必死に耐えるフィアンとは違い、頭上から降ってくる声にはうっとりとした調子がこめられている。

「くっ、まだ、狭いな……フィオーヌの膣内《なか》は。搾り取られそうだ……気持ちいい」

――き、気持ちいいって……殿下が？　わたしを抱くと気持ちいいの？

まさかそんなことを言われるとは思わなかったせいで、処女を奪われてショックを受けているのに、一瞬だけうれしいと思ってしまった。

その気持ちに意識するともなく、体が反応してしまったのだろう。きゅうと、膣道が収縮したとたん、苦しそうな声が降ってきた。

「うぁっ……馬鹿、動くと……やめろ……ッ！　くっ、この……かわいい顔をして、私をからかっているんだな？」

「からかってなんか……ふぁ……あぁんっ……な、に……あっあぁっ……！」

自分ではエストラルの肉槍を締めつけた自覚はないから、言われている意味がわからない。仕返しをするように、胸の先を捻りあげられ、痛みを感じているのに、フィアンの裸身はびくびくと跳ねた。

「なんだ……処女のくせにイくのがうまいな、我が妻は……ん……」

下肢を貫いたまま、エストラルの舌がフィアンの赤い蕾《つぼみ》に伸びた。

「ひぃ、あ……あぁ、やぁん……あっあぁっ……ッ」

舌先で飴玉《あめだま》のように乳頭を転がされ、胸の先にひときわ鮮やかな快楽が走った。

括《くび》れをやわらかな舌でぐるりと撫でられたあと、軽く歯を立てられると、新たな刺激にまた愉悦を掻きたてられる。

「殿下、殿下……それは、いやぁ……あぁんっ、はぅう……ンンッ」

胸を蹂躙する快楽が体の内側を暴れ回り、フィアンはむずかる子どものようにいやいやと首を振る。なのに、エストラルの舌が一方の乳首を責め立てるうちに、もう一方を指先で摘まみあげると、びくんびくんと身を揺らして愉悦の波が背筋を駆け抜けた。

「フィオーヌは胸の先を弄《もてあそ》ばれると弱いんだな？　ほかにはどこが弱いのか、ゆっくり探ってやろう」

「あぁんっ、や、ぁ……もぉもぉ……十分です！」

うれしそうな声をあげるエストラルは捕食者の美しい獣《けもの》のようだ。獲物のフィアンを舌先で責めたてながら、ゆっくりと腰を動かす。

「十分なわけがないだろう？　まだ私は満足してないし、挿入しただけじゃ子どもはできない。皇族の義務としてもっともっと子作りに勤《いそ》しむべきだ。もちろん、フィオーヌの体を堪能させてもらいながらな」

肉食動物さながらに舌なめずりをされると、なおさらフィアンは追い詰められたウサギのような心地になった。

――子どもができるまでって……ちょっと、待って。

「殿下……その、わたし……は……ひゃあぁんっ！」

――身代わりに過ぎないんです。

そう言おうとした口からは嬌声が漏れ、言葉にならなかった。エストラルが貫いたままフィアンの陰部に指を伸ばし、ひどく感じる淫芽をまさぐったのだ。

鋭い愉悦が走り、ぞくぞくと官能を昂《たか》ぶらされてしまう。

感じさせられて愉悦に意識が飛ぶと、フィアンの体から力が抜けるのだろう。頭が真っ白になったところで、エストラルが肉槍をゆっくりと引き抜いて、また押しこめるような動きをした。

肉槍が動くと痛いはずなのに、フィアンが苦しそうな呻き声を漏らすたびにエストラルが感じるところに触れてきて、ごまかされてしまう。

汗ばんだ肌と肌を重ね合わせるということが、こんなにも艶《なま》めかしい気分にさせられるとは、フィアンは知らなかった。

無理な姿勢でエストラルに抱きしめられると、とくんと胸の鼓動が甘く跳ねる。

「あ……」

頬がゆるんだ瞬間、エストラルの翠玉《すいぎょく》の瞳と視線が絡むと、結婚式のことを思い出してしまう。頭のなかで、祝福の鐘が鳴ったような気がして、吸い寄せられるように口付けを受け入れていた。

彼の唇に軽く唇を啄まれ、角度を変えてふたたび押しつけられると、頭の芯まで蕩かされていく。

「フィオーヌは私のキスも好きだな？」

そんなに自分はもの欲しそうな顔をしていたのだろうか。

くすくす笑ったエストラルは、フィアンの太股を抱え直して、また一段と抽送を速めた。

「し、知らな……キス、なんて……あぁっ、ひゃ、あぁん……！」

さっきまで痛みしか感じなかったはずなのに、甘やかされて、官能を掻きたてられたあとでは、肉槍の抽送で快楽を感じてしまう。

狭隘な場所を動く肉槍がひどく感じるところを掠めると、体の芯が突然燃えあがったように熱くなる。腰の奥がひくりと疼いて、甘い嬌声が迸《ほとばし》った。

「あぁ……あっあっ……ひゃ、あ――ン、やぅ……ああ、ふ、あぁん……ッ！」

まともな言葉は欠片《かけら》も話せなくなり、双丘を揺らして、汗ばんだ裸体が身悶える。

「気持ちいいなら、イけばいい……そのかわいい啼《な》き声をもっと聞かせてくれ……フィオーヌ」

エストラルの指先が感じさせられて鋭敏になった肌を撫でて、もっと官能を昂ぶらされた。

膝を大きく開かされたところに肉槍が深く穿たれると、その律動に合わせて、「あっあっ」という短い嬌声がひっきりなしに零れる。

膣道の奥を突かれた瞬間、快楽の波が昂ぶって、フィアンを呑みこんだ。

「ふ、あぁ……あぁ――あぁんっ！」

びくびくと痙攣《けいれん》したように体が跳ねて、甘い震えに頭の芯まで蕩かされる。

体の奥に、白濁とした精を放たれたのを感じる余裕もないまま、快楽に真っ白に弾けた。

「ほら、私の言ったとおり、新妻は気持ちよくイけただろう？」

満足げな声が降ってきたけれど、それに応える余裕はフィアンにはなかった。

† † †

翌朝、目を覚ましたフィアンは、自分が王女の部屋で寝ていることに気づいた。

天蓋付のベッドにふかふかの上掛けが心地よい。

身を捩《よじ》って起きようとしたとたん、下半身がつきりと痛む。

「どうして……うっ、痛……」

体を起こすのが辛い。天蓋付のベッドのなかでひとり、フィアンはお腹を抱えた。

「そうか……わたし、エストラル皇太子殿下に抱かれて……」

——子どもができるような行為をされてしまったんだわ。

昨夜の記憶がおぼろげによみがえってくると、起きあがるのも億劫《おっくう》になるほど気持ちが沈んだ。

エストラルが悪いわけじゃない。それはわかっている。

しかし、次から次へと沸き起こってくる感情は、理不尽なまでにエストラルを罵《ののし》っていた。

——どうして、ワインを飲んでくださらなかったの……そうすればわたしは……。

身代わりの花嫁は終わり、城を退出できたはずだった。

エストラルに抱かれることもなく、このまま甘い夢を忘れられるはずだった。

けれどもいまは、体の痛みが胸の痛みを引き連れて、瞳がじわりと潤む。

リネンのシーツの心地よさに埋もれて、このまま二度と目覚めたくない。気怠いだけの空気が永遠に続けばいいのにと思ってしまう。

フィアンの心は駄々をこねる子どものように、むずかっていた。

何度か枕に顔を埋めたあとでふと、王女の部屋にいるだけじゃなく、寝間着まで着ていることに気づいた。

エストラルに最初に抱かれたあと、何度か絶頂に上りつめさせられた。

昏倒《こんとう》したあとは意識がなかったはずなのに、どういうことだろう。

――まさか皇太子殿下が私の体を身綺麗にしてくださった……とか？

高貴な男性はそんなことはしないと思うのだが、あまりにも物事をてきぱきと進めるエストラルの手腕が見事だったからだろうか。彼ならやりそうだと思えてならない。

――これからどうしたらいいのだろう。

エストラルのことを考えると、心がざわざわと落ち着きなく騒いだ。

せめて目が覚めるまでそばにいてくれたらよかったのにと思ってしまうのは、フィアンの我が儘だろうか。

夢から覚めてみると、ただただ途方に暮れる自分だけが残っていた。

「家に帰らなきゃ……父さんはきっと心配しているはず」

今回の仕事は泊まりになるかもしれないと言って出てきたけれど、二泊もすることになるとは思っていなかった。早めに顔を見せたほうがいいだろう。

痛みはまだ残っていたが、重たい荷物を運びすぎた翌日の筋肉痛のようなものだと思えば、堪えられないこともない。

フィアンがベッドに腰掛けて立ちあがろうとしたとき、ことり、というかすかな物音がした。

「メリーアンさま？」

とっさに親しい侍女の名前を呼んだのは、フィアンとしては当然だった。

城で寝起きをしたとき、朝、起こしにくるのはいつもメリーアンだったからだ。

しかし、驚いたことに寝室の扉から入ってきたのは、見慣れた侍女ではなかった。

白いドレスの淑女の姿が、薄闇のなかに浮かびあがる。

「侍女にそんなへりくだった態度で呼びかけるのは、わたくしの主義ではないわ、フィアン」

凛《りん》とした声がぴしゃりとフィアンを制するように響いた。

あんなに捜し回っても見つからなかった王女が目の前にいる。まるで寝起きに幻を見ている心地だ。

いつもの王女らしい声の確かな響きがなければ、フィアンは幽霊が現れたかと疑うところだった。

城というのは窓が小さく、電気の灯りがなければ部屋のなかはひどく暗い。それでも、わずかな灯りを受けて、王女の気品溢れる姿がそこにあった。

「フィオーヌ王女殿下！　いったいどこにいらしたんです？　ずっとずっと……みんな捜してましたのに！」

現実感が戻ってきたとたん、真っ先に結婚式を逃亡したことへの非難が口をついて出た。

結婚式という生涯に一度の晴れ舞台だ。

王女に着てほしいという祈りをこめたウェディングドレスに、厳粛な大聖堂に降り注ぐ万雷の拍手。

あれらはすべて、フィオーヌ王女を祝福するためのものだった。

なのに、王女が失踪するから、フィアンが代わりに祝福されてしまい、申し訳なくて仕方なかった。

偽りの王女に偽りの花嫁。

エストラルも国民も、その事実を知ったら裏切られたと思うのではないか。

自国の王女を相手に説教できる立場ではないが、今回の我が儘ばかりはやりすぎだとフィアンは思った。

「みんな王女殿下の結婚のために、時間をかけて準備なさってきたのですよ。それを台無しになさるなんて……いったいこの結婚のなにが不満なのです？」

「あら、不満なんてないわ」

「え？　ないならなんで……」

珍しく口答えしたフィアンを面白がるように、王女は鈴を転がした声で笑う。

「属国の扱いにしては破格じゃない？　皇后陛下はよほど皇太子殿下を結婚させたかったようね。ランス公国で式を挙げることも、わたくしが帝国に生活の拠点を移さないことも、お願いしたら受け入れてくれたわ」

企《たくら》みが成功したときの王女は機嫌よく、美しい。

王女の好きな企みは、国を滅ぼす悪事とか人死にが出るような争いではなくて、侍女やフィアンを騙して右往左往させる類いのものだ。

問題はあるが、大勢には影響しない。

この性格の悪さを含めて王女なのだと、ネルラ女官長もメリーアンも受け入れているようなところがある。実を言えば、フィアンもそうだ。

これまで何度か突然の身代わりをさせられながらも、フィアンはなぜか王女のことが憎めない。しかし、今回は別だった。

「思うとおりにしていただいたなら、いいじゃないですか。どうして……どうして結婚式に出てくださらなかったんですか⁉」

いろんな感情が渦巻いて、王女に食ってかかるなんて不敬だということすら忘れていた。震える拳を握りしめて、怒りのままに睨みつける。

自分自身の憤りももちろん、王女のために尽くした侍女や、ウェディングドレスを作った人々、式のために走り回った誰も彼もの苦労を艶やかな唇で笑い飛ばされた気がしたのだ。

「だって、皇太子と初夜を迎えるわけにはいかなかったのよ」

「……は？」

一瞬、なにを言われたのかわからなかった。

頭に血が上《のぼ》りすぎて、理性を失っていたからかもしれない。フィアンの頭のなかは真っ白になっていた。

「わたくしはすでに処女ではないから、それをエストラル皇太子殿下に知られるわけにはいかなかったの。初心なおまえはきっと処女でしょう？　きっと皇太子を満足させてあげられたと思うわ」

満足というのはフィアンの性戯が巧いからではなく、ただ未経験だからという意味の言葉だとはすぐにわかった。

「なっ……王女殿下は……では初めから、初夜の身代わりをわたしにさせるために、結婚式から逃げだされたのですか？」

声が震えていたのは、無理がないと思う。

なにか考えがあっての逃亡だと思っていた。きっと最後の最後には戻ってきてくれて、身代わりの花嫁という重責から解放されると信じてきたのに、そうではなかった。

初めから罠《わな》が仕掛けられていて、フィアンは避けられずに落ちただけだったのだ。

「そうね。殿下がどういう人柄か知る時間はないし、市井の結婚と違って、こういう政略結婚というのは、わたくしが処女じゃなかったら問題があるかもしれないでしょう？　我が国の安全のために最善の策をとっただけよ」

満足気に微笑む王女を前にして、フィアンは震えていた。

国を引き合いに出されると、フィアンとしては返す言葉がない。

王族の義務や国の大義はわからないが、自分はランス公国に住んでいる。神聖ゴード帝国に比べれば小さくて、帝国から圧力をかけられたら敵《かな》わないことも理解している。

国民としては国を守るために尽くすのは当然だろう。

理性ではわかっていても、感情がついていかない。それなら、初めから話していてくれればよかったのにと思ってしまう。

——皇太子殿下は、おやさしい方だったのに……。

騙してしまった罪悪感と、王女の身代わりに過ぎないのだから罪悪感を抱くことさえおこがましいという感情が交互に襲いかかり、言葉が出ない。考えても無駄だと思うのに、考えずにいられない。割り切れない感情に襲われ、言葉を失った。

震えて立ち尽くすフィアンに、可憐な王女は非情な言葉を告げる。

「あなたのお役目は終わりよ、フィアン。身代わりの代金は弾《はず》んでおいたから、皇太子殿下が神聖ゴード帝国に帰られるまで彼と会わないよう、城には出入り禁止にします。この身代わりがバレたら困るもの」

渡されたのは、見たことがない金額が書かれた小切手だ。

――ひとつ、ふたつ、みっつ……わわっ、見たことがない数字が並んでる!?

いつもの一日五万ローレルという身代わり代金すら、フィアンができる仕事としては破格の日当だった。しかし、今回の身代わりはもうひとつゼロが多い。記者会見と泊まり代金も含めて、三日分の代金だとしても、いつもの倍以上の額だ。

――五十万ローレルって……ありえない。

大金を前に動揺するフィアンを見て、王女は満足気に笑う。

やがて、呼び鈴を鳴らしてやってきたメリーアンとネルラ女官長の表情からは、ふたりがこの企みに加わっていたのかはわからなかった。

メリーアンは本気で王女に苦情を言っていたから、知らなかったのかもしれない。

どちらにしてもフィアンの破瓜の血がついたシーツで、皇太子との間になにが起きたのかは知られてしまっただろう。

ネルラ女官長が用意した飾りのない馬車で城門を出たところで、フィアンは座席の上でぐったりとした。

たとえ、道に立って一晩身を売ったとしても、五十万ローレルが稼げるわけがない。

そう考えて自分を慰めようとしても、気持ちは乱れたままだ。

馬車が角を曲がったところで、大聖堂の鐘の音が聞こえた。

その音に呼び覚まされるように、結婚式でキスをした瞬間の、睫毛を俯せるエストラルの端整な顔が目蓋の奥をよぎる。

――皇太子殿下とはもう二度と会うことはないのね……。

そう思うと、王女に騙された恨みとは別の感情が沸き起こり、ちくりと胸が痛む。

王女は王女の役割に、町娘は町娘の役割に戻っただけ――。

そう思うのに、なぜか胸が苦しい。

その痛みを忘れるように、フィアンは祈りの鐘が鳴り響くなかで静かに目を閉じた。

第三章　再会のキスは甘い甘い蜜の味⁉

『ランス公国の公都ランス＝ランカムを観光するなら、ここ！　記者一押しの景観はパサージュの中央広場！』

などという見出しの付いた観光案内を手に、商店街路地――パサージュにやってくるものは多い。

国の近代化の象徴のように、鉄枠で作られたドーム天井から光が差しこみ、色とりどりのタイルで作られたモザイクの路地に、格子の影を作る。

画家志望の若い美術生がこぞって絵にしたがるのも、無理はない。

パサージュに暮らすフィアンでさえ、時刻毎に表情を変える商店街に、思いがけず見蕩れてしまうことがあるからだ。

身代わりの花嫁に扮《ふん》したフィアンが帝国の皇太子と結婚式を挙げ、初夜まですませてから三日が経《た》っていた。

来日に晒《さら》されての結婚式なんて、まるで夢だったかのようだ。

フィアンは木製の丸テーブルの間を縫ってすり減った石畳を歩き、あつあつのココット皿を乗せたトレイの重みに耐えながら運ぶと、

「お待たせしました！　コッドパイを四つお持ちしました！」

満面の笑みとともに弾んだ声をあげる。そんなふうに実家のパブを手伝ううちに、あっというまにフィアンの日常は戻ってきた。

フィアンの父親の店——パブ・デニスは近隣の人々の集会所代わりとなっており、ほどよく繁盛している。最近の話題はもっぱら王女の結婚に関することで、今日もまた常連客がビールを片手に噂話に花を咲かせていた。

「帝国さまの皇太子ってぇのはえらい美男子らしいなぁ。うちの娘が新聞を買ってこいってうるさくてよ」

「毎度ごひいきに！　結婚式の写真が載った特別号もありますよ」

客の相手をしながら、自分が作った新聞を売っているのはフィアンの兄のギャロンだ。

黙っていれば、男前に見えないこともない顔立ちで、女性客には人気がある。

フィアンが王女の身代わりを断れなかったのは、兄の借金が原因だ。そう考えると、機嫌よく新聞を売っているギャロンを、いまは見たくなかった。

——五十万ローレルの小切手はどうしよう。さすがに父さんに見せたら怪しまれるんじゃないかしら……。

破格の金額をもらうほど問題のある身代わりをしたと知られたら、父親は城に殴りこみに行くかもしれない。

早くに母親を亡くしたこともあり、フィアンの父親はとても子煩悩なのだった。

——結婚のご祝儀でいただいたって言えば、まだ納得してくれるかしら。

それはいい思いつきに感じた。王女の結婚で恩赦《おんしゃ》が出たり特需があったりという話は、パブでも四六時中、耳にしたからだ。

フィオーヌ王女とエストラル皇太子のロイヤルウェディングは、ただめでたいというだけではなく、庶民の憧れを掻きたてるらしい。

ギャロンの新聞がいい例で、結婚にかこつけた商品が売れに売れて、国中がお祝いムードに沸き立っている。

本来なら、フィアンもパブの客と同じように、王女の結婚を楽しむ立場はずなのに、気持ちは沈むばかりだ。

手元にある兄の新聞を手にして、ため息が零れる。

王女の結婚の特集を組んだ特別号には、いつもよりたくさんの写真が紙面を飾る。

記者会見のときに、王女がよろけたところを皇太子が抱き留めているハプニング写真。

大聖堂の祭壇の前で、誓いのキスを交わすシーン。式を終えて、ファサードの前に現れた新郎新婦がにこやかに手を振る姿。

――言えない……どれも、本物の王女殿下じゃなくて、わたしが身代わりをした花嫁姿だなんて……。

新聞を見て喜ぶ客を見ると、胃が軋んで痛い。

「見ろよ、我がフィオーヌ王女の気品溢れる姿！　さすがは大国の皇太子から結婚相手に望まれるだけはあるな！」

「まったくだ……神聖ゴード帝国の皇太子と結婚とはなぁ……驚きだぜ。あっ、親父《おやじ》。赤のエールをもういっぱい！」

カウンターの立ち飲み客は、パブの主人であるフィアンの父親のところへ注文したビールをもらいに行くついでにお金を払う。

パブというのは、セルフサービスが基本で、料理以外は給仕する必要がない。

常連客が多いからみんなこのやり方に慣れているし、食事刻《しょくじどき》だけ料理を注文すると時間がかかるのも理解されている。

だからこそ、フィアンが城に手伝いに出ていても、ギャロンが新聞の発行にうつつを抜かしても、店はどうにかやっていけるのだ。

「それにしたって、皇太子殿下は確かに美形よね……」

あんなに整った顔の貴公子を間近で見る機会なんて、もう二度とないだろう。

王女の代わりにとはいえ、甘い言葉を囁かれ、キスをされ……。

――抱かれてしまったんだわ。この方に。

フィアンは新聞を抱えたまま、カウンターの上に突っ伏した。

思い出すだけで、頭に熱が上がり、うだってしまいそうだ。

「フィアン？　元気がないようだが……仕事でなにか失敗でもしたのか？　それとも、男にでも振られたか？」

ぽんと肩に手を置かれて顔を上げれば、隣家の青年、幼馴染みのリーアムが心配そうな顔でフィアンに話しかけてきた。

リーアムはフィアンの兄ギャロンといっしょに新聞社を運営しており、フィアンの実家のパブにもよく顔を出している。

「男に振られたって……そんなことあるわけないじゃない。ちょっと自分の至らなさに身につまされてね……あ、ギャロン兄さん、この新聞、一部ちょうだい」

正直に言えば、当たらずとも遠からずといったリーアムの言葉に苦笑いしか出てこない。

まさか皇太子と一夜をともにしてしまったなどとは言えず、フィアンは話題を変えるように兄に話しかけた。

「まいどー半ローレルな」

客との話をやめたギャロンは、仰向けた手を差しだす。

「ちょっと身内からもお金を取るの⁉　冗談はやめて……ギャロン兄さんの借金のうち、何割かはわたしが返しているんですからね⁉」

「ええー⁉　だっておまえ、ほら……手伝いに行った城で皇太子のスクープのひとつもとってきてくれれば、新聞は馬鹿売れ！　借金は清算！　ってなもんなのに、なにも記事になるようなことを教えてくれないじゃないか」

冗談めかした調子で言うギャロンをフィアンはきっ、と睨みつける。

数日前まで城で王女の真似をして上品に振る舞っていたのが嘘のようだ。

パブで客と話したり、家族との気取らないやりとりをしているフィアンは町娘らしく、兄に口答えも辞さない。

「記事になるようなことなんて知りようがないでしょう……それに、職業なりの守秘義務というものもあるんです。もし、皇太子の面白い事実があったとしても、ギャロン兄さんには教えません！」

腰に手を当てて怒った振りをしていると、くすくすと笑い声がした。

「そのくらい怒っているほうが、フィアンらしいよ」

背後にいたはずのリーアムが、ぽんぽんと慰めるようにフィアンの亜麻色の頭を軽く叩く。

兄と同じ年のリーアムは、フィアンにしてみれば、もうひとりの兄のような存在だ。

ギャロンよりやさしくて、困ったことがあるといつも助けてくれる。

「ありがとう、リーアム……でも、本当になんでもないの。ちょっと疲れただけで」

「まぁ、結婚式の準備は大変そうだったしな。城勤めで、エストラル皇太子を見かけることがあったのか？　フィアンが新聞を欲しがるなんて珍しいな」

「えっ……そ、そうかしら」

鋭いリーアムの指摘に、ぎくりと身がすくむ。

リーアムには、フィアンが王城で仕事をしていると話してあるが、身代わりの件は知らない。知り合いの伝《つて》で、忙しいときだけの臨時手伝いをしていると思っているようだ。

「わ、わたしだって王女さまのご成婚に興味くらいあります。リーアムもギャロン兄さんみたいにわたしを子ども扱いしないでください」

子ども扱いはいやだと言いながら、フィアンの頰はむくれている。

「子ども扱いしているわけじゃなくて……」

つっぱねるような態度のフィアンに、リーアムはとまどった顔になった。

なにかを言おうとして、でも言葉にならないというような悩める表情だ。

いったいなんだろうとフィアンが言葉を待っていると、兄が会話に割って入ってきた。

「ああ、リーアム。無駄無駄。フィアンはまだまだ子どもなんだから。それより、フィアン。父さんが呼んでいるぞ」

「え、あ……はーい」

子どもなんだからという言葉にむっとさせられたけれど、カウンターの奥に目を向ければ、確かに父親がフィアンの名前を呼んでいた。

「じゃあね、リーアム」

話を打ち切ってカウンターのなかに入ると、父親が石造りのオーブンからココット皿を取りだすところだった。

焼きたてのチーズのいい香りが蒸気とともに広がり、口の中に生唾《なまつば》が溢れる。

「フィアン、このコッドパイ四つとフライドポテトを東大通りのラッカムさんのところまで届けてくれ。それとミートパイはロイドさんのところだ」

お得意さん向けには、出前もやっている。

コッドパイはジャガイモとチーズをココット皿に入れてオーブンで焼いた料理で、熱々のところを口に入れるのがおいしい。店の看板料理なのだ。

「はーい。行ってきます」

元気よく答えたフィアンは出前用の手持ち付きトレイに、ココット皿を並べていく。

その頭上では、天井で回る扇風機がパブの客の熱気と喧噪をからからと霧散させていた。

† † †

王女姿のときとは違い、フィアンは緩やかに作った亜麻色のお下げをふたつ揺らして、急ぎ足で石畳の大路を渡った。

パブの手伝いをするときはいつも、袖の広いブラウスにショートコルセット、それにエプロン付きのスカートといった格好だ。

肩掛け鞄《かばん》を肩に斜めに下げ、手持ち付きのトレイが傾かないように気をつけて歩く。

出前先の東大通りはパサージュを通り抜けた向こう側にある。

パサージュのなかは車や馬車は入れないとわかっているのに、大路を渡るときはつい急ぎ足になってしまう。

子どものころは、兄か父親と手を繋いだときではないと大通りを渡ってはいけないことになっていて、いまでもその癖が抜けていなかった。そのころ、フィアンの手伝いは店とパサージュの一区画だけに限られていて、早く大きくなりたいと思ったものだった。

母親が亡くなり、父親が苦労していたのは知っていたから、もっと手伝いたいという気持ちが先走っていたのだろう。小さな手でビールジョッキをたくさん持ちすぎて溢《こぼ》したこともある。

――いまはいくらかは助けになっているのかしら……。

パブの手伝いより、王女の身代わりは実入りがいい。

もちろん、露見しないようにひやひやさせられてばかりいるし、王女の考えがわからずに混乱することもある。

しかし、若い娘によくあるように、フィアンも王城という日常からかけ離れた世界に憧れを抱いていた。

ネルラ女官長から最初に話を持ちかけられたときは、まさかその憧れが、あんなふうに裏切られるなんて思ってもみなかった。

「ううん、わたしも悪いんだわ。あそこで……わたしは王女じゃないと皇太子殿下に早く打ち明ければよかった」

そうすれば、エストラルはフィアンの怯えを初夜への怯えだと誤解することもなく、最後まで続けなかったのではないか。

エストラルの言葉に舞いあがり、選択肢を間違えたのはフィアンのほうだ。

「でも、舞いあがってなくても、打ち明けるのは……」

ランス公国民としての裏切りではないかと思ってしまう自分もいる。

王女との身代わりの約束は、想像以上にフィアンの身を縛っていた。もしエストラルが許してくれるとしても、口にできた気がしない。

「もう終わったことを考えても仕方ないというのに……」

つい、ため息を吐いてしまう。

気を取り直して顔を上げると、石造りの建物に靴の透かし看板が見えた。

職人や精密機械を扱う店が多い公都では、看板にも趣向を凝らしたものが多い。金属でできた色とりどりの透かし看板も、公都ランス=ランカムの名物だった。

「ラッカムさーん。コッドパイ四つとフライドポテトお持ちしました！」

目当ての店に着くと、フィアンは躊躇《ちゅうちょ》することなく木の扉を開き、大きな声で店の奥へと到着を告げた。

代金はつけになっていて、あとで店に飲みに来たときに払ってくれる手はずになっている。

「ああ、フィアン。ありがとう。うちの人ったらパブ・デニスのコッドパイを二日に一度は食べないと死ぬんですって」

顔を出したラッカムの奥方が片目を瞑ってフィアンに笑いかけた。奥方は侍女に指図して、トレイからコッドパイとフライドポテトをテーブルに置かせている。

「いえいえ、今後ともごひいきに！」

フィアンは空になった手持ち付きのトレイを手にすると、軽やかに踵《きびす》を返した。

残りは油紙に包んだミートパイだ。こちらは肩掛け鞄に詰めてある。

「さて、こっちは冷めてもおいしいミートパイをロイドさんのところに届けましょうか」

パサージュの奥まった一角から階段を上ると、同じ高さで並んだ建物の屋根と天井の間には、天井の管理用に狭い通路が張り巡らされており、通り抜けることができる。

四階建ての高さから見るパサージュの路地は、色とりどりのタイルとその上を通行する人々が小さくて、まるで手のひらに乗せられそうだ。

歩くうちに雲の上を歩いている気分になるから、ロイドさんの部屋にお使いに行くのがフィアンは好きだった。

ロイドは時計技師をしており、パサージュの大時計の面倒を見ながら、個人の修理も請け負っている。

屋根裏の奥の奥というような、変な場所に住んでいるくせに、腕がいいらしい。依頼が途切れているのを見たことがない。このときも、いつものように扉を開けてなかに入ると、すでに先客が話をしていた。

「ロイドさん、いつものやつ、ここに置いておきますよ」

仕事の邪魔をしてはまずいだろうと、声をかけるだけにとどめて店に戻ろうとした瞬間、ロイドと話をしていた客のひとりがフィアンに気づいたらしい。おもむろに振り向いた。

「あ……」

言葉を失って、一瞬、足を止めてしまった。

立っていた客の紳士は、エストラルだった。

なぜ、こんな場所にいるのだろう。飾りの少ない黒いコートを着て、商家の主人風を粧《よそお》っても、滲み出る品のよさは隠しようがない。

結婚式の日に穴が空くほど見つめた顔が、無数の時計が並んだ作業部屋の真ん中でフィアンを見つめ返していた。

エストラルは、開け放した扉から差しこむ光に照らされた、亜麻色の髪に気づいたのだろう。

遠目にも、はっと表情を変えたのがわかった。

――まずい。顔を間近で確認されたら、王女の身代わりがばれてしまう。

慌てて身を翻して逃げたフィアンは、屋根の上を通る狭い通路を慣れた様子で通り過ぎた。

パサージュで育ったフィアンは、狭い通路をすべて把握している。

――これなら逃げられるはず。

お下げを揺らして走りながら、ほっと安堵したのもつかの間、やけに階下が騒がしいことに気づいた。

人が集まって叫ぶ声が、屋根の高さにある通路まで聞こえてくる。

「エストラル皇太子殿下が現れたって本当か？」

「まさか……いくらここが観光名所とはいえ、皇太子が来るわけないだろ。ほかの貴族と見間違えたんじゃないのか？」

「いや、でも確かに皇太子だったぞ⁉」

会話のなかによく知った声を聞いた気がして、柵から身を乗りだして階下を見下ろす。

集まった群衆の中心にいるのは、兄のギャロンとリーアムだ。

エストラルがどの路地を通ってやってきたのかはわからないが、彼の姿は街中では目立つ。

奇妙に思ったパサージュの住人がパブに話を持ちこんでも不思議はなかった。

――こんなところで、皇太子殿下が捕まったら……どうしよう。

この場合、絶対にフィアンも巻きこまれるだろう。

前門の虎、後門の狼とはどこの国の諺《ことわざ》だったか。

——もし、ギャロン兄さんとリーアムがいるところでわたしが皇太子殿下に捕まったら、身代わりがばれる可能性が高い。

パサージュの住人の前で皇太子に追いつかれたら終わりだ。

自分だけじゃなくフィオーヌ王女にまで迷惑がかかってしまう。

いくら身代わりをはじめたのは王女の我が儘が発端とはいえ、フィアンの失態でばれてしまうのは契約違反だ。

王女からどんな嫌みを言われるかわからない。

「こ、こうなったら……仕方ないわ」

フィアンはふたつに分けていたお下げを解いて、王女のように髪を肩の上に広げた。

いつもまとめている髪を解くと、自然と意識が切り替わる。

町娘のフィアンから王女フィアーヌへ。

身代わりをするに当たって叩きこまれた王族の振る舞いが、背筋の伸びたフィアンの顔つきに現れ、指先にまで意識が行き渡る。

立ち止まって息を吐くと、ガラスで覆われた天井から透かし見る空が眩《まぶ》しい。

屋根付き商店街の構造上、天井近くの通路には風が吹かない。ガラスの温室効果でむしろ暑いくらいだ。

一年を通して、過ごしやすい気候が続くランス公国だけれど、初秋のいま、真っ黒なコートを着て急ぎ足で歩けば、暑いだろうに。

「なぜ、王女がこんなところにいる⁉　しかもそんな……街中を歩くような、変、装、ま、で、し、て、」

追いかけてきたエストラルは、暑さを感じさせない端整な顔でフィアンに詰め寄った。

やっぱりエストラルはフィアンを王女だと思っている。

化粧もせずドレスを着ていなくても見間違えるくらい、フィアンとフィオーヌ王女は似ているということだろう。

王女の身代わりをするときのように、フィアンはうっとうしそうに髪を掻きあげた。

「別に、殿下を追いかけてきたわけじゃなくってよ？　偶然、わたくしも時計の修理をお願いしようと思っただけで」

もったいつけたように肩をすくめてみせる。フィアンはしない仕種だが、王女は返答の代わりによく肩をすくめるからだ。

フィオーヌ王女を間近で観察していたメリーアンから伝授された、王女らしい振る舞いのひとつだった。

「……追いかけてきたんだな？　息抜きに城の外に出てきたというのに、監視付きか？」

嫌そうに顔を顰《しか》めたエストラルを見て、フィアンの胸はどきりと跳ねた。

記者会見のときも結婚式のときも、エストラルはいつも機嫌よさそうな顔をしていて、顰《しか》め面《つら》をしたところを見たことはなかった。

——こんな顔もなさるんだ……。

いままで知らなかった。短い間に話をしただけだから当然だが、初めて見る顔にフィアンの目は惹きつけられていた。心の奥底がくすぐったい。もっともっと顰め面をさせてみたいような、そんな悪戯心が沸き起こり、口元が緩みそうになる。

それに、いまの姿を王女の変装と思わせるひそかな企みが成功して、ほっとしていた。面と向かって『殿下を追いかけてきました』と言うより、否定したほうがもっともらしく聞こえるものだ。このままフィアンを王女だと誤解してもらわなければ、身代わりがばれてしまうかもしれないのだから、内心ではフィアンは必死だった。

「殿下、用事はもうおすみですか？　このまま王城に戻られますか？」

フィアンはあえてエストラルの言葉には応えず、質問責めにした。

——答えたくない質問をされたら、質問で返すのが一番。

パブでいろんな客をあしらってきた経験がこんなところで役に立っている。

——それに、嘘は言ってませんよ？

フィアンはエストラルを追いかけてきたわけじゃないのだ。王女の身代わりに過ぎず、エストラルにはたくさんの嘘を重ねているにしても、吐く嘘は少ないほうが気が楽だ。

狭い通路に立ったまま、フィアンはエストラルの反応を待った。

「小国でも王女は王女か……」

独り言のようなエストラルの言葉に、フィアンは安堵する。どうやらうまく信じてくれたようだ。

フィオーヌ王女は気位が高い。その演技を貫かなかったら、町で会った娘はニセモノなのではと、城に戻ったときに疑われてしまう。

「城にはまだ戻らないのでしたら、こちらへどうぞ。どうやら、皇太子殿下の姿を見かけた人が殿下を捕まえようと騒いでますので」

視線を階下に向けたフィアンに誘導されるように、エストラルは歩を詰めて、通路の端から商店街の路地に集まる人々を見た。

「なんだ、あれは……別に今日は人前に出るような格好はしてないぞ⁉」

顔を顰めた皇太子は、自分の身なりを確認するようにコートを広げてみせる。

高貴な雰囲気は、本人には自覚がないのだろう。飾りの少ないコートは上質な仕立てで、商店街に住む人の服装とは一線を画している。金糸銀糸の飾りがなければ庶民に見えるとでも思っているのだろうか。

こほん、と仕切り直しをするように咳払いをしたフィアンは、エストラルと話をする上で、初めて優位に立てた気がした。

「皇太子殿下、パサージュにはパサージュにふさわしい服装というのがあるのです。記者に捕まらずにここを抜けだしたいのでしたら、案内してさしあげましょうか？」

なにせ、パサージュはフィアンにとっては庭のようなものだ。

よく出前を任されるフィアンは、実を言えば、兄のギャロンよりもこの屋根上の道に詳しい。

くすりと、優越感が滲む笑いが溢れたのは意地が悪かったかも知れない。しかし、エストラルは渋面《じゅうめん》を偉ぶった表情に変え、取り繕うように言った。

「よかろう……フィオーヌの手伝いを許す。無事、私をパサージュの外に導いてみせよ。今日の私は休日をとっており、記者に捕まる気分ではないからな。もし失敗したら、この国への支援をなにかひとつ打ち切ってやるから、覚悟しておけ」

「そんなことをおっしゃって後悔なさいますよ？　こほん。ランス公国ミステリーツアーへようこそ。これより、わたくしがご案内させていただきます」

（皇太子殿下を驚かせて、ランス公国のよさを見せつけてさしあげるんだから！）

フィアンはもったいつけた調子で口上を述べると、スカートの端を抓んで礼をしてみせた。

「ほう……では案内してもらおうか」

エストラルは挑戦的に片眉を上げて応じる。

顎を上げた偉ぶった態度だけれど、目元がわずかに赤い。その顔をさっと盗み見して、照れ隠しのような表情をする皇太子も新鮮だなんて不敬にも考えてしまっていた。

――またエストラル皇太子殿下と会えるなんて思わなかった……。

心の奥底ではこの偶然の再会を喜んでいる自分がいる。

その気持ちを嚙みしめたフィアンは、けれども表情に出さないように意識しつつ、エストラルについてくるように手で示した。

「お、おい……どこへ行くんだ？　ここから階下に下りないのか？」

階段を通り過ぎたフィアンを追いかけて、エストラルがとまどった声をあげる。

「そこから下りたら、記者に捕まってしまいますよ、殿下」

主導権を握ってエストラルを振り回すのが少しだけ楽しい。

――だって結婚式の日は、殿下のペースに振り回されっぱなしでしたからね。このぐらいの仕返しは許していただかないと！

パサージュでは建物と建物が隣接して建っており、区画毎《ごと》に建物伝いで歩いて行ける。大きな路地で遮《さえぎ》られ、区画の先は行けないように見えるが、一カ所だけ渡り廊下になっている建物がある。そこを通れば、屋根伝いにパサージュ中を網羅できるのだ。これは、パサージュの屋根を修理している職人に聞いたとっておきの秘密だった。

小さなフィアンは仕事帰りにパブに寄った職人にかわいがられて、ビールを運びながら、パサージュの秘密の通路について詳しく教えてもらっていたのだ。

「足下が透けてますのでお気をつけて。殿下は高所恐怖症ではないですか？」

一般の人が通るための通路ではないから、ほとんどの通路には柵がないし、網目状の通路は階下の景色が見えて怖い。

慣れない人は眩暈を起こして、柵がないところで落ちそうになるのだ。

「ふん。このぐらいの高さなど帝国の皇太子である私にとってとるにたらん……神聖ゴード帝国にだって、高い建物はあるのだからな……っとと」

「殿下、危ない！」

強がりを言うそばからエストラルの体はよろめき、フィアンは慌てて彼の腕を掴んで引き寄せた。

「だから言ったではありませんか！　この高さから落ちたら、死にますよ⁉　運がよくても大《おお》怪我《けが》ですからね⁉」

とっさにフィアンは厳しく叱っていた。心臓が飛びだしそうになるほど驚いたせいで、兄のギャロンを叱るときのような調子になっていた。

フィアンはエストラルを抱きとめたまま、階下の通路で規則正しく円を描くタイルを見下ろす。

——もし皇太子殿下が落ちてしまったら……。

この温かい腕に触れることは二度とないのだと思うと、心臓の鼓動がばくばくと嫌な音を立てて速まる。

「……フィオーヌ、悪かった。ちょっとした不注意だ。許せ」

頭の上から静かな謝罪が聞こえて、はっと我に返る。エストラルを引き寄せたまま、強く抱きしめてしまっていた。

「も、申し訳ありません……これはその、別に許すとか許さないとかではなくて……その、わたくしのほうこそ、不敬をいたしました」

皇太子を叱ってしまったと気づいて耳まで真っ赤にして、フィアンは俯いた。

布地を通してもエストラルの体温を感じて、とっさの行動が招いた結果に動揺してしまう。しかし、手を離そうとしたフィアンを今度はエストラルの腕が抱きしめ返した。

なにを思っての行動だろう。エストラルはフィアンの髪を撫でると、ちゅっと額にバードキスを落としてきた。

「な……なにを、突然……わ、わたくしは殿下が注意を聞いてくださらないから、怒っているのですよ⁉」

突然の触れ合いに、かぁっと頭に血が上る。フィアンは早口で言い、エストラルを睨みつけた。

「だから、詫《わ》びたのではないか……我が新妻は、初めて会ったときはのんびりした娘だと思ったが、存外短気なのだな」

くすくす笑いを零しながら、エストラルの腕はフィアンを抱きしめたままだ。こんな体勢で新妻なんて呼ばれると気恥ずかしくて、困る。なのに嫌じゃないから、なおさら身の置きどころがない。

しかも、フィアンが見上げると、エストラルは思っていたよりもやさしい顔でフィアンを見つめていて、また心臓が跳ねた。

遠くで大聖堂の鐘の音が聞こえた。

「あ……」

フィアンがまさかと思うまもなく、エストラルの端整な顔が近づき、フィアンに口付けていた。

不意打ちのキスだ。

軽く唇を啄まれると、ぞくんと背筋に甘い震えが走る。

「ん、んんぅ……ッ！」

逃れようにも通路は狭いし、足場は不安定だ。よろめいたエストラルをフィアンが助けたはずなのに、どうして背に回った彼の手が誘うように撫でているのか。

「ちょっ、ちょっとなにをなさるんですか⁉　こんなところでもたもたしていたら、記者に見つかってしまいますよ？」

「なにをって、私の命を救ってくれた新妻への簡単な礼ではないか。なぜそんなに怒っているのだ？」

エストラルの指摘に、フィアンはぐっと言葉を呑みこんだ。

彼の行動は予想がつかなくて、フィアンは振り回されてばかりいる。

偶然の行きがかり上、王女さまの身代わりをして切り抜けようとしただけなのに、まさかキスをされるとは思わなかったのだ。

——それとも、わたしがいない間に、フィオーヌ王女殿下とエストラル皇太子殿下はそれぐらい親しくなられた……ということ？

仲がいい夫婦なら、偶然出先で会ってキスをすることもある。歩いているときに、そういう場面に出くわしたこともある。

自分自身を納得させようとしたところで、ふとフィオーヌ王女の優雅な笑みを思い出した。

たとえ夫が新妻にキスするのは当然のこととしても、王女の性格上、それを簡単に許すわけがない。そう思い至ったフィアンはこほんと咳払いをひとつして、エストラルから距離をとった。

「殿下……突然のキスはおやめください……わ、わ、わたくしはそう言いませんでしたか？　もし言い忘れていたとしたら、いま一度申しあげます。結婚式のときのような、必要に迫られるのでないかぎり、道中でのキスはご遠慮申しあげます」

自分で口上を述べておきながら、これならフィオーヌ王女が言いそうなことだと思う。

フィアンが心のなかで自画自賛している前で、エストラルは苦い顔をしていた。

「余計なことをせずに、ちゃんとわたくしのあとをついてきてください。殿下の服装では、また衆目を集めてしまいます……あ、殿下、こちらへちょっとジャンプしてください」

通路の端まで来ると、鉄網の床が途切れていた。少し離れた場所に同じような通路があるが、通路同士は繋がっていない。フィアンの足でも跳躍すれば簡単に届く距離だが、四階建ての建物の屋根の高さだ。

通路と通路の間から、階下をのぞきこんだエストラルは、顔色を変えた。

「こ、こんなところを渡るのか？　フィオーヌはずいぶん慣れた様子だが……」

「え？　大丈夫ですよ、殿下。わたしでも渡れるんですから、どうぞ」

なんの気なく既に渡りきったフィアンは、しっかりした鉄柵を掴むと、エストラルに向かって手を伸ばした。

さっきのように、意図せずよろめいたわけではない。通路の幅をきちんと意識して跳べば、自分より背が高いエストラルなら問題ないはずだ。なのに、不安げな顔を向けられて、フィアンは思わず笑ってしまった。

「ちょっと待て、フィオーヌ。いま私を笑ったな？　そこから避けていろ。おまえの助けなんてなくても問題ない。神聖ゴード帝国の皇太子がこんなことで怯《ひる》んでいると思われたら敵わんからな」

「そうですか。お気をつけて、でも大胆に跳んでくださいね」

笑ったのはエストラルが怯えているからではなく、表情の変化がくすぐったかったからだ。それを口にはできないが、拗《す》ねている顔も興味深い。

「行くぞ……一、二の、三――」

大きく跳んだエストラルは勢い余り、通路の向こう側へ体が飛びだしそうになっていた。

「わわっ、殿下危ない！　今度は力を入れすぎですよ！」

叫び声をあげたフィアンはあわててエストラルのコートを掴んだ。さっきからひやひやさせられてばかりだ。

――殿下は完全無欠の王子さまに見えたけど、あれは猫を被ってらしたの？

貴族社会の外に出たエストラルは、我を張ってみせたり拗ねた顔をしたり、思っていた以上にいろんな表情をする。

話をするたびに違う顔を見せてくるから、フィアンはついもっとと思ってしまう。

――もっと殿下とお話がしたい……。

自分のなかに芽生えた願いを自覚して、フィアンはごくりと生唾を呑みこんだ。

「あ、あの……殿下。最終的に、何時ごろ城に戻られる予定ですか？　パサージュを無事脱出できたあとも、まだ街をご案内するお時間の余裕はございますか？」

休日だと言っていたが、ランス公国に来てからのエストラルには分刻みのスケジュールが組まれていたはずだ。

フィオーヌ王女も同じで、結婚を祝う舞踏会が連日開かれ、ランス公国の貴族を招いた懇親会や皇太子を観光名所に案内してといった予定がひっきりなしに入るような話をメリーアンから聞いている。

もう会わないと思っていたのに、顔を見てしまうと別れがたい。もっと話をする時間が欲しくなったことに気づいて、フィアンは祈るような気持ちになった。

「特に予定があるわけではないが……そういえば、オルエンを置いてきてしまったな」

オルエンというのは侍従の名前で、予定は彼に管理させているのだろう。

エストラルは予定と聞き、習慣のように後ろを振り向こうとして、気まずそうな顔になった。

「そういえば、時計技師のところに、もうひとりいましたね」

ロイドのところにいた客はふたり。ジャケットを着たきちんとした身なりの男のほうが、ロイドと話をつけていた。

「あ、ああ……そうだな。広場のほうに馬車を待たせているから、私が戻ってこないとなると、そちらへ行ったかもしれない」

パサージュのなかでもひときわ静かな区画まで来ると、フィアンは狭い螺旋《らせん》階段を下りはじめた。

ここを下りると、裏手の小路はすぐそこだ。

機材修理の業者が使い勝手がいいように、一カ所だけ、馬車が着けられる裏通りの近くに天井に上れる階段が作りつけられていて助かった。

ここからなら、フィアンの家も近い。

「あ、そうだわ……殿下。ちょっとここに隠れて待っていてください」

建物の陰になった場所にエストラルをとどめると、フィアンは急ぎ足で螺旋階段の最後の段を下りて、パサージュを駆け抜けていった。

その後ろ姿を眩しそうな目で、エストラルが眺めていたことを、フィアンは知る由もない。

「だからいい加減に、殿下という呼び方はやめろと言っているのだ……」

建物の壁に背を預けたエストラルが照れくさそうな顔をしていたことも。

† † †

フィアンは家の裏手から二階に上がると、人に見つからないように兄のギャロンの服を布に包んだ。

さいわいにして兄も身長が高く、エストラルと体格が似ている。

いくら優雅さが滲み出るエストラルでも、くたびれた茶色のジャケットを着れば、街の人の目をわずかなりともごまかせるはずだ。

戻ったことを告げずに出かけるのは後ろめたかったけれど、フィアンは急いでエストラルの元に戻った。もしかしたら、さっき会ったのは夢で、エストラルはそこにいないのではないかと思うと、急がずにいられなかったのだ。

パサージュの大路は十字型になっており、四つの出口がある。皇太子がいたのではないかと騒ぎになっていたのは東側の出口に近い方だったから、フィアンは北西にある小路へとエストラルを案内していた。

大路では人目につかないように急いで通り抜け、建物と建物の壁に挟まれた狭い小路を急ぐ。

「で、殿下？」

さっき別れたはずの場所まで辿り着いても、黒いコート姿が見つからない。

――まさか……誰かに見つかって連れて行かれた？　それとも帰ってしまわれたとか？

ドキリとした。

もう会わないはずの人がいなくなったところでフィアンには関係ないはずなのに、落胆してしまっていた。

「服を取りになんて戻らなければよかった……」

がっくりと肩を落として、それでもあきらめられずに屋根上の通路への階段の入り口をのぞきこんだとき、

「フィオーヌか？」

頭上から声が降ってきた。

はっと見上げると、螺旋階段の途中に黒い姿が見える。

「あ、殿下……よ、よかった。もしかして帰ってしまわれたのかと……そちらにいらしたんですか」

フィアンが階段を上ろうとするのを手で制して、エストラルが階段を下りてきた。

「下にいるより、こちらの方が目立たないと思ってな。もう一度上にいって、パサージュの天井を眺めていた」

「そうでしたか……お待たせしてしまい、申し訳ありません」

興味深そうにまた天井を見あげるエストラルは、フィアンがいまどれだけほっとしているか想像もしていないだろう。いつものように、涼しげな顔をしている。

新聞に書いてあったエストラルの年齢は二十七歳で、十八歳のフィアンよりも一回り近く年上だ。

落ち着いた雰囲気も為政者らしい威厳も兼ね備えた大人の男性なのだと気づいて、急に自分のしたことが恥ずかしくなってきた。

「あ、あの……殿下。馬車に戻られるのですよね……こちらから参りましょう」

フィアンは人気のない建物を指差して、なかへと入っていった。

小路とは別に、建物はパサージュのなかと外に通じており、店を通じて外に出られる。

「ハウゼンさん、ちょっとだけこちらを通らせてください。兄さんには内緒で」

隅《すみ》の店にフィアンだけ顔を出して許可を得ると、なかへとエストラルを招き入れる。

小間物屋のハウゼンは、フィアンとは仲がいいが寡黙な人で、あまり噂話を広げるような人物ではない。この店ならエストラルが通り抜けても、記者に見つからないはずだ。

フィアンが呼び寄せた人物を見たハウゼンは、一瞬だけ目を瞠ったけれど、なにかを察したとしても、「気をつけてな」としか言わなかった。

長年のつきあいだから、フィアンも小さくうなずき返すだけで店をあとにする。

カランカランと扉に付いた鈴を鳴らして外に出ると、午後の日差しはずいぶんと傾いていた。

正面の建物は逆光に沈んで真っ暗になっている。

「我が神聖ゴード帝国と比べると、ずいぶんと日が沈むのが早いのだな」

ぽつりと、エストラルが呟いた。

故国の名前を出すエストラルが、旅人にありがちなようにホームシックになっているのか、それとも異国の風景に感嘆しているのか、その横顔からはうかがい知れない。

「人に見つからないようにパサージュを抜ければ、広場まではすぐですよ」

場の空気を取り繕うように声をかけて、フィアンは先に立って歩きだした。

石畳には長い影が伸び、光と影のコントラストが街の風景をより印象的に変えていた。

昼と夕方と夜と、その時間毎に違った顔を見せる公都ランス＝ランカムの美しさは格別で、ここに住むフィアンにとっても自慢の街だ。

その好きな街をエストラルと並んで歩けるのがうれしい。

肩越しに振り返れば、後ろに伸びたふたりの長い影が並んでいた。手を少し動かすと、まるで手を繋いでいるように見える。

――もうちょっと右……いや、前に出したほうが……。

より自然に手を繋いでいる雰囲気が出せないかと影を見ながら、手の位置を動かしていると、急に背の高いほうの影が動いた。

「なんだ、フィオーヌは。私と手が繋ぎたいなら、素直に言え」

「は？　あ……いえ、別にそういうわけでは……あっ！」

返事をするより早く、強引な手に手を摑まれていた。

先日もダンスを踊るときに手を合わせたけれど、今日は手袋をしていないせいで、体温をしっかりと感じてしまう。

――あ、どうしよう。わたしの手、フィオーヌ王女殿下の手よりがさがさしているかもしれない。

身代わりをするときは、白い長手袋をしていることが多い。王女がいつも身につけているせいもあるが、それは普段から手入れしていない手を隠す意味でもあった。

パブの手伝いをして、洗い物などの水仕事もするフィアンの手は、淑女の手とは言いがたいからだ。

「は、放していただけませんか……人に見られたら……その、こ、困ります」

フィアンはもう熟れた林檎《りんご》のように真っ赤になっていた。

影で手を繋いでるくらいの距離感ならいいが、実際に手を繋ぐとなると、気恥ずかしさで頭がおかしくなりそうだ。なのに、エストラルにしてみれば手を繋ぐぐらい、当然のことらしい。

「夫婦なのだからいいではないか。誰に恥じるものでもないぞ？　さすがに幼女だの一回り以上も年が上のご婦人だと私も考えてしまうが……フィオーヌとなら、なんら問題はない」

うんうんとひとりで得心がいったようにうなずくエストラルは、恥ずかしがるフィアンの心情を知ってなお、見せびらかすように繋いだ手を振ってみせる。

「幼女や年配のご婦人とはなんのことです？」

「いや、こっちの話だ……それよりフィオーヌ。その手にしているものはなんだ？　さっきは持っていなかったな？」

歩きながら、エストラルはフィアンの兄ギャロンの服を入れた包みに視線を落とした。

「これはその……殿下の服装があまりにもパサージュで浮いていたので、もっと人目につかない服のほうが街を歩きやすいかと思って……その、差し出がましいとは思ったのですが」

布包みを解いて、くたびれたジャケットとトラウザーズをエストラルに差し出す。

エストラルは神妙な顔でギャロンの服を受け取ると、自分の服装と手にした服とをためつすがめつ眺めた。

「なるほど……そうか。こういう服じゃないとダメなのか。言われてみればフィオーヌの着るような服装の娘はたくさん見かけるな」

ぐるりと首を回し、通り過ぎる人々の服装を確認して、エストラルはまたフィアンに視線を戻す。

明るいところで見るエストラルの瞳は透明度の高い翠玉《すいぎょく》のようだ。フィアンは宝石店に飾られていた指輪を思い出しながら、その瞳に見入った。

「しかし、このような人前で着替えるわけにはさすがに行くまい……どうしたものか」

エストラルが自分の服装について唸ったところで、ちょうど路地を抜け、広場に着いた。

公都ランス＝ランカムには大路の近くに広場があり、乗合馬車が待っていたり、馬の水飲み場が設けてある。

パサージュからもっとも近い広場に案内して正解だったらしい。

「エストさま！　お捜し申しあげましたよ！　そろそろ城に戻らないと――え？　王女殿下といっしょだったんですか？」

馬車のひとつから、黒いお仕着せを着た青年が矢のように走ってきた。

口ぶりからすると、どうやらさきほど時計技師のロイドのところに置き去りにしてきた侍従のようだ。

フィアンは顔を見られて、しまったと思いながらも、しぃっと指先を唇に当てた。

兄のギャロンは撒いたけれど、街なかにはほかの記者だっているはずだ。これ以上注目を浴びたら、どこから人が集まってくるかわからない。

「悪い……記者に追いかけられて逃げ回っていた。見つからないうちに帰らなくてはな。城に戻るなら、一緒に馬車に乗っていくだろう？　フィオー……ぐっ」

侍従の前で名前を呼ばれる気配を察して、フィアンは慌ててエストラルの手を引っ張った。ほかのものに話を聞かれない場所まで引っ張り、ひそひそと内緒話のように声を落として注意する。

「殿下、街なかですから、わ、た、く、しの名前を呼ばれるのは困ります。それにわたくしはわたくしで帰りますから、お気遣いは無用に願います」

なにせ王城には本当のフィオーヌ王女殿下がいるのだ。エストラルと一緒に戻るわけにはいかない。

加えて、街でフィアンと会ったことを王女に話されても困る。

「殿下、今日、街で見聞きしてわたしとお話ししたことは絶対誰にも内緒です。わたしも城ではこのことを持ち出されてもなにも答えませんから、ご承知おきください」

――皇太子殿下と会っていたことを王女に知られてはならない……。

その一心で、フィアンは皇太子に口止めをした。

エストラルが急に黙りこんだので、厳しい口調で言いすぎたかと、気まずい気持ちになった次の瞬間、フィアンはエストラルにキスをされていた。

「悪くない趣向だ。我が新妻がそんなユーモアを持ち合わせていたとは知らなかったぞ。しかし、おまえのほうこそ、私のことを『殿下』と呼ぶのはどうなのだ……ん？」

「そ、それは……その、そうですわね」

不意打ちのキスにどぎまぎさせられたところで名前のことを持ち出され、フィアンは真っ赤になったまま、言葉を詰まらせた。

「街中ではエストと呼ぶがいい。お忍びで外に出るときはオルエンにもそう呼ばせている。『エストラルさま』などと呼ばれては変装の意味がないからな」

にやりと意地悪い笑みを浮かべたエストラルは、強引に話をまとめてしまった。

こういうところがフィアンは敵わないと思う。

フィオーヌ王女も自分のペースに人を巻きこんで、主張を絶対に譲らないところがあるが、エストラルの強引さも負けていない。

「ほら、一度試しに口にしてみるがいい。エ・ス・トだ。簡単であろう？」

ずいっと端整な顔を寄せて言われると、またキスされるのではと思って、気圧された体が勝手に後ずさりしてしまう。

それを逃げようとしていると思ったのか、エストラルはフィアンの腰に手を回して、

「逃がさないぞ、フィオーヌ。いい加減夫の名前の呼び方を新妻に躾《しつ》けておかないとな」

「し、躾けってなんですか⁉　そ、そんなの……簡単ですよ……その」

――エストラルだからエストだなんて……まるで親しい人が呼ぶ愛称みたい。

自分がそれを口にする資格があるのだろうか。

躊躇した瞬間、広場に大聖堂の夕刻の鐘が響き渡った。

カラーンカラーンと、赤く染まりはじめた空と建物のなかで谺《こだま》して、まるで早く家に帰りなさいと促しているかのようだ。

――『あなたのお役目は終わりよ、フィアン』

ふと、美しい王女の凛とした声が聞こえた気がして、『エスト』と形作ろうとしたフィアンの唇は固まった。

「わ、わたくしは……その、用事を放りだしてきたので……殿下。どうぞ行ってください」

――やっぱり、呼べない……だってこの方の花嫁はわたしじゃなくて、フィオーヌ王女殿下なんだもの。

エプロンを両手で握り締めて、すばやくエストラルから距離を取る。

――どうせ、殿下とはここでお別れなんだもの。愛称なんてお呼びして、変に親しみを覚えないほうがいい……。

王女のことを思い出すと、会えてうれしかった気持ちが急にしぼんで、罪悪感が顔をのぞかせた。

身代わりがバレないために、やむを得なかったとはいえ、内緒で皇太子と会っていたことが知られれば、フィオーヌ王女からきつい叱責があるだろう。

「では、これで失礼します……」

「待て」

俯いたまま、もうエストラルの顔など見たくないとばかりに去ろうとしたフィアンの手を摑み、エストラルは予想外のことを口にした。

「そういえば、おまえは私の騒ぎに巻きこまれて、時計技師への用事がすんでいないのだったな……悪かった。私は今日はもう城に戻るが、明日また街の案内をしてくれ。十時の鐘が鳴るころに、この場所で待っている……行くぞ、オルエン」

「え？　ええっ⁉　あ、明日って……」

さっと顔を上げたときには、踵を返したエストラルがきびきびとした足取りで侍従と去っていくところだった。

フィアンが言葉の意味を呑みこめないうちに、エストラルは街中でもよく見かける飾りのない馬車に乗りこんで、あっというまにいなくなってしまった。

「ちょっと待ってください……わたしは別にまだ殿下のご案内するって了承してませんよ？」

呆然と呟いたところで、その言葉がエストラルに届くはずもない。

困惑したまま家に帰れば、昼から店の手伝いを投げだした状態で、フィアンはひたすら平謝りするしかなかった。

「突然、王女さまの身代わりをしてほしいと言われて……」

苦し紛れの言葉は、半分嘘で半分本当だ。父親のデニスは呆れた顔をしたが、最終的には許してくれた。

「確かに王女さまもいまは色々とお忙しい時期だろうからな」

結婚と皇太子の滞在がランス公国にとってそれだけ重要なことだと、父親は捉えているのだろう。

王女の身代わりを知っているのは家族だけ。

この秘密をばらしてはいけない。

城からは身代わりを秘密にする代わりに金銭をもらっているから、これはれっきとした仕事なのだ。兄の作っている新聞もしょっちゅう資金難だし、フィアンが身代わりで得ているお金は家族にとって大切な収入になっているのだから。

――けっして、皇太子殿下ともう少しだけ会っていたくて別れを引き延ばしたわけじゃないわ。

誰にするともつかない言い訳を心のなかで繰り返しても、手伝いをサボった後ろめたさは消えない。

それに加えて、

「エストラル皇太子がパサージュに来たって噂は、ガセネタだったのかなぁ……なぁ、フィアン。エストラル皇太子とお近づきになったとき、どんな話をしたんだ？　情報源は秘密にするから、なにか教えてくれよ」

「ギャロン兄さんってば……仕事の守秘義務は絶対ですから、無・理・で・す」

ギャロンに対してなら、フィアンはきっぱりと撥《は》ねつけることができる。

——なのに、皇太子殿下にはなぜ、こうやって強く断ることができないんだろう……。

フィアンはうすうすその答えに気づきながらも、気づかない振りをすることにした。

第四章　雨宿り――かわいい新妻は皇太子の手管にとろとろに蕩かされて

正直に言えば、エストラルは結婚にずっと乗り気ではなかった。

ランス公国に関しても、長年、属国のひとつという認識で、格別の興味を抱いてはいなかった。

皇帝夫妻には男子がエストラルしかいない。

年が離れた妹がふたりいるだけで、政争がないまま、エストラルはすんなりと皇太子の座に就いた。

皇帝夫妻が結婚したころ、貴族を中心に流行病《はやりやまい》があったせいだろう。同世代の令嬢が極端に少ない環境で育った。

おかげで、エストラルが十六になり成人の儀式を終えたころには、婚約者を決めるにしても、持ちこまれる話は年齢がずいぶん上か、あるいはすぐに結婚することは難しいほどの幼い娘など年が離れすぎたものばかり。

特殊な性癖を持たないエストラルはうんざりしてしまった。

別に女性が嫌いというわけではない。

皇太子という身分だけではなく、端整な顔立ちをしたエストラルは年上の婦人にかわいがられ、女性に対して物怖《ものお》じせず育ったが、結婚となると別だ。

四十を過ぎたとある王族の女性に迫られたときには、あやうくエストラルのほうが女の手管《てくだ》に落ちそうになり、それ以来、年上と結婚するのはやめようと固く心に誓った。

そのときの記憶が災いしたのだろうか。二十七のいまの年になるまで、結婚どころか婚約さえ避けてきてしまった。

帝国の外にまで候補を広げれば選択肢が少しは広がるが、器量も性格もいい娘は、早くに相手が決まっている。候補に挙がった娘を調べさせると、性格に問題があることが多く、次第にエストラルは結婚話そのものを疎ましく思うようになっていた。

そんなおり、属国のひとつでもあるランス公国の王女の話が出たのは、まったくの偶然だった。

ランス公国の公都に神聖ゴード帝国との路線を繋ぐ駅が作られ、その落成式への招待状がエストラル宛てに届いたのだ。

神聖ゴード帝国では、鉄道の敷設《ふせつ》はエストラルが指揮している。

属国のどこに駅を作り、どことの輸送を許すのかといった権限を持ち、ランス公国に延伸《えんしん》することを決めたのもエストラルだったから、落成式に呼ばれるのも当然のことだった。

普段だったら、仕事の招待は滅多に断らないが、折悪《おりあ》しく予定が重なっていた。

さらに言うなら、駅を作ることを許可したといっても、エストラルにとってランス公国が重要な国だという認識はなかった。

そこで、自分の部下のオルエンを代わりに落成式に指し向けたのが、今回の結婚式に繋がる発端だった。

落成式には王女も出席していたのだろう。戻ってきたオルエンは、やたらと王女のことを褒めた。

「かわいらしくて感じがいい王女殿下でしてね……落成式でワインの樽《たる》の栓がなかなか開かなかったときには、『これはランス公国の王家がわざと栓を固くして振る舞わないようにしていると思われたら困りますわね』なんて言って……なかなかの機知に富んだ人物でしたよ。エストラル皇太子殿下の名代で参加させていただいたので、王女殿下とダンスを踊ることもできて役得でした。殿下はダンスはお得意と聞いてましたが、疲れておられたからか私の足を踏んで恥じらったところもかわいらしかったのですよ」

うっとりとした声で王女を絶賛され、自分で判断したことなのに、ひどく損をした気分にさせられた。

エストラルの代役をしたオルエンは公爵家の二子で、なんならランス公国に婿入りを申し入れそうな勢いだ。

自分の代わりをした部下が、自分の知らない妙齢の王女と会っていたことが妙に面白くない。王女がかわいらしかったなどと言われるとなおさらで、エストラルは報告を聞くうちに、次第に不機嫌になってしまった。

「小国とはいえ帝国の皇太子の結婚相手にふさわしい王女がいるなら、なぜ婚姻を望む書簡のひとつも寄越さないのだ」

そうまで愚痴を零していた。

属国というのが玉《たま》に瑕《きず》だが、王女なら一応、結婚相手の候補になり得るはずだ。しかし、

「ランス公国には王子はなく、王女もひとりきりですから、さすがに跡継ぎの王女を神聖ゴード帝国に出すわけにはいかないのでしょう」

そんな言葉でオルエンに笑《い》い飛ばされてしまった。

小国の小回りのよさを活かして、ランス公国が近代化に成功しているのは、エストラルも報告を聞いて知っていた。だからこそ駅を作ることを許したわけで、その判断は正しいと思っている。

しかし、勢いをつけつつある国からエストラルに対して結婚話がないことは釈然としない。

そんな子どもじみた感情が、フィオーヌ王女を気にかけるようになった発端だった。

しかし、そういう単純な感情のほうが、仕事上の難題よりも拗《こじ》らせると厄介なものだ。

近隣諸国の王族からはひととおり結婚話が持ちあがっていたはずなのに、ランス公国から話

があった記憶がないことが、エストラルの矜恃《きょうじ》をささやかに傷つけていた。

それで、ある日皇后が懲りもせずに、エストラルの元へ結婚話を持ちこんだときに、ついうっかり王女の話を持ちだしてしまったのだ。

「ほら、エストラル。以前は幼すぎるからとあなたが断り倒した令嬢ももう結婚適齢期になりましたよ。どうです？　ラウンゼン侯爵家の二番目の令嬢で、気立てがいい娘だそうよ」

定期的にやってくる皇后の見合い話にはすでに飽き飽きとしていて、いつもおざなりな対応で断っていた。

しかし、そのときのエストラルは部下から聞かされた王女の自慢話に心がささくれ立っていたあとで、自分の母親にも聞かずにいられなかったのだ。

「そういえば、ランス公国にも妙齢の王女がいるという話でしたが、母上はご存じでしたか？」

世間話ていどのつもりだったのに、エストラルがどこの国でも王女の話をしたのが珍しかったせいだろう。

「ランス公国に王女なんていたかしら？　まぁまぁ……おまえから、どなたか女性の話をするなんて珍しいわね」

弾んだ声で答えを返され、嫌な予感を覚えたのはつかの間。気づけば、あれよあれよというまに結婚話が進んでいた。

「噂の王女とちょっと見合いするくらいでよかったのだが……」

仕事場で愚痴を零したところで後の祭りだ。

やっと息子が結婚する気になったのかと思いこんだ皇后は、はりきって結婚話をまとめてしまった。ともかく結婚すれば、あとのことはどうとでもなるとばかりに、ランス公国側のどんな要求にも否やとは言わなかったらしい。

「あ、エストラル皇太子殿下、それはないですよ！　フィオーヌ王女殿下は私が狙っていたのに横からかっ攫《さら》っておいて」

オルエンからそんな苦情を言われたが、黙殺した。

なんにせよ、結婚は現実の話となったが、見合いをして決めたわけではないから、エストラル自身は王女がどういう人間かわかっていない。

部下に対する軽い嫉妬心のせいで結婚が決まったことに、とまどいさえ覚えていた。

結婚が決まってから王女の調査をさせたが、どうもオルエンからもらった報告のような人物には思えなかった。

「仕事はできる王女との評判で国民からの人気も高いようだが……」

報告書には、かわいらしいという評判はどこにも書いてない。

『フィオーヌ王女は王の優秀な補佐役で、近代化の旗振り役。鉄道の敷設を支持し、表には出ずに帝国との交渉をさせていた模様。冷静沈着な人物と思われる。我が儘を押し通して周りを困らせる向きもあるようだが、父王の溺愛により、たいていの無茶《むちゃ》は許されているようだ』

実際に王女と会ったはずの部下に報告書を見せて反応をうかがえば、

「確かに気取った仕種をするときもありましたが……どうでしょう？　仕事と社交の場では違う側面を見せる方なのでは？」

などと擁護《ようご》するばかりで、エストラルが知りたい答えは返ってこない。

結局は会ってみるまでわからないと、エストラルは半ば警戒してランス公国にやってきた。

当の王女と初めて会ったのは記者会見での席だった。

「まだお会いしたばかりですが、我が新妻はかわいらしい方でよかったとほっとしてますよ。やってきてすぐに追い返すような恐妻だったらどうしようかと……あ、いや。これは記事にしないでくれたまえ。なんにせよ、歓迎していただき、ランス公国の国民にも感謝している」

記者に対して告げたのは、心からの言葉だった。

――どんな女傑が来るかと思えば……うん。確かに綺麗な王女だ。

ウェディングドレス姿で現れた王女は大人びた表情をしていたが、十八歳という年齢相応の愛らしさが滲み出ていた。

おそらく、故国での見合いの印象があまりにも悪すぎたせいだろう。

どんな女が現れるのかと緊張していたエストラルは、想像していたよりも華奢《きゃしゃ》で愛らしい花嫁姿を見たとたん、フィオーヌ王女と結婚することに決めてよかったと安堵していた。

——やはり百聞は一見にしかずというやつか。報告書よりは、部下の言葉どおりの令嬢だな。

立ち姿の写真を記者に求められたときには、ドレスの裾に躓《つまず》いていたのも、人間味があってよかった。抱き留めた瞬間、耳まで真っ赤になっていたのもかわいらしくて、この娘が自分の妻になるのかと思うと気分がよくなったほどだった。

「綺麗な王女だったじゃない。よかったわね」

母親の皇后にまでそんな言葉をかけられたくらいだ。

その印象は初夜を迎えたときも変わりなかった。

結婚式の夜だからと、怯える新妻を無理やり押し倒した自覚はエストラルにもあり、部屋まで抱きかかえて戻ったあとは少しだけ顔を合わせづらかった。

そのせいか、フィオーヌのほうもよそよそしく感じていたが、きっと気のせいだったのだ。

街でフィオーヌと話をしたあとはなおさら、エストラルはこの結婚に満足していた。

王城の客間で朝食をすませたエストラルは、機嫌良さそうに食後のお茶に口をつける。

「やはり休日をとってよかったな。どうしたって公式行事というのは、周囲の目があるからよろしくない。市中のほうがよほどゆっくりと話ができるではないか」

——それとも、少しは親しくなったせいだろうか。昨日のフィオーヌはいつになく、気が強いところも見せてくれていた……。

「ミステリーツアーだなんて言ってパサージュを案内してくれて……あれはあれで悪くない趣向であった」

昨日のことを思い出しては頬を緩ませる皇太子に、そばで話を聞かされていた侍従は荒れた声で受け流した。

「はいはい。それで、殿下……今日も具合が悪いことにして、公式行事をお休みになるのですか?」

オルエンは手帳を開いて、大仰にため息を吐いてみせる。

最初に王女に目をつけたのはオルエンだからか、エストラルが王女と結婚したのがいまも面白くないらしい。以前にもランス公国に来た経験があるから侍従として随行させてきたが、ことあるごとに嫌みな態度を取ってくる。

エストラルよりふたつ年下のオルエンは幼馴染みと言っていい間柄で、気兼ねのいらない数少ない知己だが、それにしたって主を相手にその態度はどうかと思わないでもなかった。

「もちろん、今日も休みだ。風邪を引いたことになっている。出かけてくるから、うまくごまかしておいてくれ」

「こんなにお元気で風邪とは……あ、いえいえ。護衛はつけさせていただきますからね。それにしたって、殿下。そんなにフィオーヌ王女殿下と親しくなられたのなら、帝国に来てもらえるように説得してはいかがでしょう?」

皇后がエストラルに早く結婚させたいばかりに呑んだランス公国側の要求のひとつに、王女が生国《しょうごく》にとどまるというのがあった。

いくら汽車を使って一日ほどで会いに来られる距離とはいえ、それもどうかと思う。

「……ランス国王は跡継ぎの王女を帝国に差しだしたくないのかもな」

考えこむようにエストラルは呟いて、姻戚となった王の厳めしい顔を思い出していた。

「それはそうでしょう。属国の王女が帝国に送られるなんて、世が世なら人質の扱いですからね。それなら国に残って人気の王女のままでいたほうがいいんじゃないですかね?」

オルエンはエストラルに不利なこの約束を、半ば楽しんでいるかのようだ。

すました顔で手帳を眺めながら、今日のエストラルの予定に『×』をつけている。

「そうだろうか……なぁ、オルエン。ランス公国ではフィオーヌ王女以外の王位継承者は誰なのか、調べておいてくれないか」

椅子から立ちあがり、エストラルはコートを肩にかけてもらうのを待った。

今日の服装は昨日フィオーヌから渡されたものだ。

シャツはなかったから、従者から綿地のものを借り、濃灰のトラウザーズにくたびれた茶色のジャケットを着ている。

エストラルたちが間借りしている客室はランス公国の王城のなかでも一等いい部屋なのだろ

う。一階に三間、二階に二間あるメゾネットタイプになっている。

最近流行りの花弁の形のシェードランプや蔓草《つるくさ》模様をふんだんに取り入れた部屋は、帝国で贅沢に慣れているエストラルの目にも耐えうる瀟洒な造りをしていた。

――近代化を進めたのは王ではなく、王女なのだとしたら……。

女性は見かけによらない。かわいらしい外見を一皮《ひとかわ》剝《む》けば、そこにいるのは自分とよく似たタイプの実業家なのかもしれない。

――それもまた一興。

エストラルはすっかりフィオーヌと話すのが楽しくなっていた。

街で偶然会ってからは特に。

夕餐に顔を合わせたときには、別れ際に言われたとおり、まるで昼間会ったことなどなかったかのように振る舞われたが、それさえ、遊戯のようで悪くないと思いはじめている。

「では私はランス＝ランカムのミステリーツアーに行ってくるからな」

「はぁ……いってらっしゃいませ」

あきらめ顔で嘆息する従者を前に、エストラルはうきうきと出かけることにした。

†　　†　　†

公都ランス＝ランカムの広場の近くで、フィアンは見世物の熊のように同じ場所をうろうろとしていた。

今日はもうエストラルとは会わない――そう思いながらも、待ち合わせの場所に来てしまった。

――昨日のように偶然ならともかく、示し合わせて会っていたなんて王女殿下に知られたら、なにを言われるか……。

もう身代わりそのものを引き受けないほうがいいのかもしれない。

王族というこの国で一番の権力者に逆らって自分の意志を貫けるかはわからないけれど、向こうにだって弱みはあるのだ。

数々の公式行事や結婚式に出ていた王女がフィアンだと公表されたくなければ、もう身代わりをさせないでほしいと訴えることもできる。

けれどもいま迷っているのは、心の奥底ではエストラルに会いたいからだ。

ちらりと建物の陰から広場をのぞけば、噴水の前で自分を待っている背の高い姿が見える。

今日はフィアンの兄ギャロンのジャケットを身に纏い、いくぶん街に馴染《なじ》んでいたけれど、それでも通りすがりの娘たちが思わず足を止めて、ちらちらと彼を気にしているのをさっきから何度も目撃していた。

――あ、また声をかけられて……！

少女の二人連れに話しかけられているのを見たとたん、足が動いていた。

「で……あ、あの……ごめんなさい！」

殿下と呼びかけそうになって、フィアンは慌ててごまかした。

あとから割りこんだ格好のフィアンを見て、少女たちはじろりと険のある目で睨んでくる。

「なによ、あなた……」

「いま私たちが話しかけているんだけど？」

嫉妬心を孕《はら》んだ視線というのは恐ろしいと、フィアンはいま初めて知った気がして、一瞬怯んでしまった。

「し、失礼いたし……ました」

思わず後ずさりしたフィアンを見て、助け船を出してくれたのはエストラルだ。

「遅いぞ！　この私を待たせるとは、お仕置きされる覚悟があってのことだろうな？」

「も、申し訳ありません！」

唐突に怒鳴られ、フィアンは身を縮めて謝った。エストラルの怒声には人を従わせる迫力があり、まるで上司に怒られている部下のような気分にさせられるのだ。

しかし次の瞬間、フィアンははっと我に返り、この約束が一方的なものだと思い出した。

「か、勝手に決められてもわたくしにだって都合というものがあるのですから！　し、仕方ないじゃないですか！」

るのだ。

今日も王女の身代わりの用を言いつけられたと嘘を吐いて、パブの手伝いをサボってきてい

しかも身代わりの代金が支払われるわけではない。

——この間、王女殿下にいただいた小切手を換金して、ここしばらくの分だと言って父さんに渡そう。

初夜の代行で得た金額はあまりにも高額すぎて、父親に言えずにいる。でも何回かの分と結婚式の特別手当だと言えば、納得してくれるかもしれない。

そんな数字の勘定を頭のなかでしているうちに、エストラルはフィアンとの距離を詰めて、するりと手を摑んだ。

「あ……」

——捕まってしまった。

真っ先にそんな言葉が頭に浮かぶ。

「さっきから、ちらちらこちらを見ていたではないか」

「な……き、気づいていたなら、そちらから声をかけてくださるのが紳士というものではありませんか！」

どうもエストラルと話していると調子が狂う。もっと紳士然とした完全無欠の王子さまではなかったのか。初めて会った日のきらきらした笑顔はなんだったのだ。これでは、強引で俺さ

まな皇太子じゃないか。

しかし、エストラルがフィアンと手を組むようにして少女のふたり連れに背を向けたとたん、ほんの少しだけいい気分になってしまったのは、どういうことだろう。

――まぁ、強引なエスコートというのも……たまにはいいか。今日限りのことなんだから。

少女たちの唖然とする顔を見てひっそりと溜飲《りゅういん》を下げたのは内緒だ。

男所帯で育ち、パブの客にかわいがられていたフィアンだけれど、エストラルのような紳士にエスコートされて街を歩いたことはない。

そう気づいて、胸の奥底がひどくくすぐったい気持ちになった。

「フィオーヌ……と呼ぶのはやはりまずいな。なにか、愛称のようなもので呼ぶか。フィー、アンヌ……」

「フィ、フィアンと呼んでくだされば結構です。そのぅ……え、エスト……さま」

本当の名を告げてしまったのは王女との契約違反だ。しかし、フィアンの名前はもともとフィオーヌと音が似ているから、そんなにおかしな提案ではないはずだ。

「フィアンか……わかった。フィアン」

「な、なんでしょう？」

名前を呼ばれたとたん、かぁっと頭の芯まで熱が上がったのを感じた。

フィオーヌという王女の名前で呼ばれるより何万倍も恥ずかしい。胸の鼓動が高鳴って心臓が口から飛びでてしまいそうだ。

「さまはなしだ。いい加減に慣れろ……ところで、今日はどこに案内してくれるのだ」

居丈高に言われ、返答に窮する。

少女連れから逃れるために歩きだしただけで、どこかに目的があったわけではないらしい。

フィアンは少し歩き、広場の端で、陸橋の欄干に腰掛けた。

ここに座ると、段差がある街が遠方まで見渡せて、流れる川や桟橋が一望できる。

疲れたときにたまにふらっとやってくる、お気に入りの場所だ。

「一応、ガイドブックなら持ってきましたが……殿下に満足していただける場所があるのかどうか」

「お、ガイドブックなら私も持ってきたぞ」

フィアンが肩にかけていた鞄から小冊子を取りだしてぱらぱらとめくると、エストラルも胸ポケットから同じような小冊子を出した。

「殿下がお持ちになったのは、『ランス公国公都グルメマップ』ですね。じゃあ、ランチはそこから選びましょうか……」

「フィアン」

「はい？」

グルメマップのほうをぱらぱらとめくっていると、急に肩を摑まれて顔を上げさせられた。

なんの用だろうと思うより早く、ちゅ、と唇を奪われる。

啄むようなキスはすぐに離れたけれど、フィアンはいったいなにが起きたのかわからなくて、頭が真っ白になった。追い打ちをかけるように、たまたまキスされる瞬間を見ていたらしい通行人が、「ひゅーう」という冷やかしの口笛を吹いて歩き去る。

「おまえは存外もの覚えが悪いようだな。殿下というのはやめろと何度言ったらわかるのだ。次から間違えるたびに罰としてキスをするからな」

「そ、そうは申しましても……だって……エストさまと言うのは、まだ慣れなくて……」

もごもごと口のなかで言い訳をしていると、顎に手をかけられ、また唇を重ねられた。

ちゅっという音がやけに甘ったるい響きを帯びて、耳を侵していく。

もう何度エストラルにキスをされたか数え切れないほどだが、数を重ねる毎にキスが甘く蕩けるようになっていると思うのは気のせいだろうか。

「さまもやめろと言ったはずだな？　フィ、フィ、フィアン？」

にやりと口角を上げたエストラルは、企みを秘めた黒い極上の笑みを浮かべていた。

自分はきちんとルールを守っているぞとばかりに、フィアンと呼んでみせるのも小憎らしい。

完膚なきまでにやりこめられたフィアンは、ぐうの音も出ない。

「おいおい、昼間っからお熱いねぇー」

さっきの口笛に続いて、また冷やかされて、フィアンは羞恥のあまり身の置きどころがなくなった。

陸橋の欄干の上は、よくカップルが座って愛を囁いている場所で、ひとりで来ているときには彼らを少しばかり疎ましく思っていたのに、自分が経験してしまうと、これはこれで悪くないと思えるから不思議だ。

恥ずかしさとは別に、心の奥底が舞いあがりそうになっている。

「では……あ、あの、エスト……ひとまずランチの店に行きますか。ここはその、目立ちますし……記者にでも見つかったら困りますから」

真っ赤になって俯き、蚊の鳴くような声で言うのがせいいっぱいだ。

「そうだな……私は今日、具合が悪いことになっているからな。では、この店に行きたい」

エストラルがグルメマップを開いて指差したのは、カップル御用達《ごようたし》の食堂だった。

フィアンもよく知っている。なにせ、エストラルが持ってきたグルメマップはギャロンと幼馴染みのリーアムが作ったのだ。しかも、マップを作る手伝いにはフィアンも駆り出されていた。

——何度か行ったことがある店だけど、大丈夫かしら。

ギャロンといっしょに取材に行ったときに、パブ・デニスのものだと名乗っている。

パサージュのパブ、デニスといえば、界隈《かいわい》では名が知られているから、取材がしやすいのだ。

はらはらしながらちりんちりんと扉についた鈴を鳴らして店に入ったが、店員はフィアンに気づいた様子はない。取り越し苦労だったとほっとしたフィアンに、次の試練が待っていた。

空き席に案内され、窓に向かって並んで座ったところ、エストラルの様子がどうもおかしい。すでに注文した料理を口にしているカップルをじっと眺めて、おもむろに言った。

「私もあれがやりたい、フィアン」

ほかの客が食べている料理を自分も注文したいならまだわかるが、あれがやりたいとはどういうことだろうと、肩越しに振り返ったフィアンは、うっと言葉を失って固まった。

背後の二人がけに座っていたカップルは、女性客のほうがスプーンに自分の料理を載せ、男性客に差しだしているところだった。

「おいしい？」

「もちろん、この料理はおいしいけど、君が食べさせてくれるならなんでもおいしいよ」

お互いに見つめ合いながら、歯が浮きそうな台詞を吐いている。見ているこちらのほうが砂を吐きそうな甘ったるさだ。

「エスト。わたくしにはあれは無理です」

フィアンは真顔できっぱりと言ってのけた。

さっき不意打ちのキスをされたのはとっさのことで避けようがなかったからだ。しかし、自らの手でエストラルに食事をさせるというのは、どんなに意志の力を振り絞っても無理だ。想像しようとしても、羞恥のあまり想像ができない。

「だ、だいたいお行儀が悪いじゃないですか。いけません。その……こほん。教育係に叱られてしまいます」

フィオーヌ王女の真似をさせられるために、礼儀作法を覚えさせられた。その先生が知ったら、絶対に目を吊りあげて怒るに違いない。

だから、いまは王女の振りをしているフィアンも、エストラルの提案を拒否していいはずだ。つんと鼻を突きあげて拒絶する態度を取っていたが、結局は無駄だった。

フィアンが注文した料理は今日のランチAで、鮭《さけ》ときのこのクリームソーススパゲティ。エストラルは今日のランチBの料理を頼み、こんがりと茶色の焼き色がついたふわふわの丸パンに、たっぷりのバターがかかった焼いたじゃが芋とソースがけの鹿肉だ。

カップル御用達として知られる店だけれど、さすがにグルメマップに選ばれるだけはある。メニューの文字を見ていただけより、実際の料理のほうがずっとおいしそうで、ついごくりと生唾を嚥下《えんか》していた。

「フィアン、鹿肉が食べたいんなら、口を開けろ……ほら、あーん?」

ナイフとフォークを使い、エストラルは器用にフォークの上に切り分けた鹿肉を載せて差しだしてくる。

玉葱《たまねぎ》をよく炒《いた》めて作ったデミグラスソースのいい香りが鼻につき、ぐぅ、とお腹が切なく鳴った。

「ほら、早く食べないとソースが零れて台無しだぞ」

「わわっ、待っ……むぐっ」

食べ物が駄目になると言われると、つい庶民根性が顔を出してしまい、結果的にフィアンはエストラルの誘いに乗せられてしまった。

「う……おいしい……ジビエも天下一品。いつか食べた野ウサギも大変おいしかった……」

あんなに嫌がっていたのが嘘のように、食べ物に懐柔されてしまった。

「ほら、フィアン。付け合わせのじゃがいももどうだ？」

うっとりと鹿肉を味わっているところに次のフォークを出されると、今度は躊躇なくフィアンはぱくついていた。

ほくほくのじゃが芋もおいしい。ついでに言うなら、食い意地に負けたフィアンをにやにやと見つめる男前も眼福だ。

「フィアンはしあわせそうな顔をして食べるのだな。ところで、スパゲティも少し分けてくれないか？」

にっこりと笑みを浮かべた顔は、ただ分けるだけではすませないと、声にならない言葉で迫ってくる。ようはフィアンにも同じ真似をしろというのだろう。その無言の圧力に、フィアンは負けた。

「う……ではその、僭越《せんえつ》ながら……ど、どうぞ」

フォークにスパゲティとソースをたっぷり絡めて、エストラルに向かって差しだす。

「そういうときはな、フィアン。『さ、エスト。あーんしてください』などと言うものなのだぞ?」

「ええっ⁉　まさかのダメ出しですか⁉」

フィオーヌ王女もそうだが、やはり王族や皇族といった身分が高い人々は押しが強い。

自分の思い通りにことを運ばせようとする強引なところは、ふたりともそっくりだ。

――そう思うと案外、おふたりは相性がよろしいのかも。

恥ずかしさのあまり現実逃避めいた思考になりかけたけれど、ぶるぶると震えてフォークと巻きついたスパゲティをどうにかしなくてはならない。

「え、エスト、あーんして……く、ください」

とんだ羞恥プレイだ。あとで思い出したら、軽く三回くらい死んでしまいそうな気がする。

しかしぱくりとエストラルがフィアンの差しだしたフォークを口に入れた瞬間のことはきっと一生忘れないだろう。

とどのつまりは、フィアンもこの食べさせあいっこというのは、案外悪くないと――エストラルの思惑に乗せられてしまっていた。

困惑のランチは終始そんなふうにエストラルのペースに乗せられっぱなしだった。

† † †

「ありがとうございました」

ちりんちりんと扉の鈴を鳴らして、フィアンは一足先に店の外に出た。

エストラルが会計をすませている間、狭い通路で待っているとほかの客の邪魔になると思ったのだ。ところが、

「あれ、フィアン？　今日は城の手伝いに行ったんじゃなかったのか？」

唐突に声をかけられ、飛びあがるほどびっくりした。

恐る恐る振り返れば、幼馴染みのリーアムが不思議そうな顔してフィアンの顔をのぞきこんでいた。

「あ、ああ……リーアム。その、ちょっとした用事があって……その」

どう言い逃れしようと考えるまもなく、また、ちりんちりんという扉が開閉する音がした。

「待たせたな、フィアン……おい、なにをしている」

途中から急に温度を下げたエストラルの言葉がリーアムに向けられたものだというのは、すぐに理解した。

「あ、あの……いまは、ごめんなさい！」

「え、あ……ちょっとフィアン⁉」

本当の自分を知っているリーアムと王女だと嘘を吐いているエストラルとの間に挟まれ、進退極《きわ》まったフィアンは、エストラルの手を摑んでいきなり走りだした。

後ろからとまどうリーアムの声が追いかけてきたけれど、ほかに策は思い浮かばなかったのだ。

「なんで突然走りだすのだ⁉」

「男に言い寄られて迷惑をしたときは、こうするのが一番簡単な解決策なんです！」

エストラルとしてはわけがわからないのだろう。当然のように苦情を言われたが、言い訳はあとでいくらでも考えればいい。ともかく、リーアムから距離を取ろうと建物の角を曲がったところで、別の危機が目に飛びこんできた。

「わ……わわっ、ギャロン兄さんまで……」

路地と路地を繫ぐ階段のところで人を捕まえて話しているのは、間違いなく兄のギャロンだ。まずい。

「フィアン？　どうしたのだ？」

急に足を止めたフィアンを訝《いぶか》しむように、背後でエストラルが名前を呼んだとたん、風に乗って声が聞こえたのだろうか。ギャロンがあたりを探るような仕種を見せて、フィアンは慌てて方向転換した。

「おい、突然どうした⁉」

「し、城のものがいたので逃げたのです。今日、具合が悪いと言って休みになさっているのでしょう？　見つかったら連れ戻されるかもしれません！」

とっさに言い訳したけれど、街の中心部はやっぱり危険だ。兄のギャロンや幼馴染みのリアムがなにか新聞のネタになりそうなことを捜して、うろついている。

——お店のなかのような、室内に入ってしまえば人目につかなくて、長くいても怪しまれないところで……兄さんたちが知らないような場所……ってあるわけないじゃない！

考える端から、フィアンの理性が却下していく。

公都ランス＝ランカムで生まれて育ち、ガイドブックまで作っている兄の知らなさそうなところなんて思いつかない。

焦っているフィアンをよそに、エストラルは空を見上げて、風の匂いを嗅いでいた。

「おい、雨になりそうだぞ？　雨宿りしよう」

エストラルの声にフィアンも空を見上げれば、川向こうの空が真っ暗になっていた。

朝は晴れていたはずなのに、今日は雲の流れが速いのだろうか。

フィアンがどこに案内しようか迷うまもなく、雨粒が降ってきた。

ギャロンから逃げ回ろうとして裏道にいたせいで、店らしい店が見つからない。

フィアンの亜麻色の髪がしんなりと濡れそぼってしまったころ、エストラルが急に足を速めた。

「フィアン、こっちだ」

手を引かれるままに入った建物には、『ＩＮＮ』という宿を示す透かし看板が下がっていた。

「部屋をひとつ頼む。それと手拭いを」

カウンターに顔を出すなり、響きのいい声が要望を伝える。

フィアンがエストラルに感心してしまうのは、こういうところだ。

まるで迷うということがないかのような即断即決で、自分のしたいことを店のものに伝える。

あとについていく身としてはその決断の早さが心強くて、エストラルに従ってしまうのだろう。

フィアンがエストラルのカリスマ性に感じ入っていると、奥から女将《おかみ》が顔を出した。

「おや、雨に当たったのかい。災難だったね。はい、どうぞ」

てきぱきとした女将らしい。髪を濡らしたフィアンとエストラルを見て、すばやく手拭いを頭にかけてくれる。

「二階に上がって、突き当たりの扉が空いている部屋だ。濡らした服を乾かしたいなら、暖炉を使ってもいいよ。あんたたち、運がいいねぇ。王女殿下の結婚式のおかげで、ずっと部屋が埋まっていたんだけど、ちょうど空いたところだったんだよ」

その混雑の原因を作っていた皇太子が目の前にいるとは、この女将は夢にも思っていないだろう。フィアンは顔を背けて、苦笑いしてしまった。

先払いで支払いをすませ、部屋の鍵を受け取ったエストラルは、フィアンの手を握ったまま宿の二階へと上っていった。

鍵を扉に差し入れて、カチリと開く音を聞くうちに、いったい自分はなにをしているんだろうと逃げだしたい気持ちになる。なのに、扉を開いて先に部屋に入ったエストラルが何気なく濡れた黒髪を掻きあげる仕種を見たら、逃げられなかった。誘うように差し出された手を取って、室内に招き入れられていた。

なかから鍵を閉める音にどきりとさせられるまもなく、強く引き寄せられて、エストラルの腕に抱かれる。

「で、殿下……あの、濡れた服を脱いだほうが」

急に身を寄せられて動揺したせいか、また殿下と呼びかけていた。フィアンがその失態に気づくより早く、冷ややかな声に指摘される。

「ペナルティだ、フィアン……ん」

顎を摑まれて顔を上げさせられたかと思うと、冷たい唇が触れる。

ランス公国のあたりでは、雨が降ると急に気温が下がる。晴れている間は急ぎ足で歩くと少し汗ばむくらいだったのに、雨に濡れたいまはぶるりと身震いが起こりそうだった。

濡れた唇が一度離れて、また角度を変えて押しつけられる。

エストラルがことあるごとにキスしてくるのは、皇帝夫妻が仲がいいせいだろうか。

政略結婚というと、もっと冷めた関係を思い描いていたフィアンは、あまりにも頻繁にキスをされすぎて、困惑してしまう。

唇に唇を啄まれると、鋭敏になった唇がわなないて、背筋に震えが走った。

「あ……あぁ……ん」

するりと腰を撫でられると、なおさら体の奥が熱く疼く。

エストラルの舌先が口腔に侵入するのを許してしまうと、歯列をするりと撫でられる感触に、腰が崩れそうになった。

一度抱かれてしまうと、日を置いても体はその経験を忘れられないのだろうか。

ぶるりと腰の芯が震える感覚が怖い。

「あ、あの……で、あ、エスト……その、待って。まだ昼日中だし、わたくし……困ります」

これ以上の深入りは契約違反ではすまない。

エストラルはフィアンを自分の新妻――フィオーヌ王女だと思っているから、キスをするのも抱擁するのも自然な行為なのかもしれないが、フィアンにしてみれば、これは背徳の行為だ。

エストラルが誤解しているのをいいことに、不義密通をさせているのと変わりない。

罪悪感にちくりと胸が痛むフィアンの気持ちはしかし、身代わりのことを知らないエストラルにはただの拒絶に思えたのだろう。不機嫌そうな声で、反論されただけだった。

「いつどんな場所であろうと、自分の妻を抱いてなにが悪い」

「そ、それは……その……そうなの、ですけど……」

——でも、わたしは殿下の本当の妻ではないのです。

王女の代わりに初夜を務めさせられただけの町娘で、神聖ゴード帝国の皇太子と顔を合わせるような身分ではないと、のどもとまで言葉が出かかっていた。

——もう真実を伝えて終わりにしなければ。

このまま偽りの関係を、情交を続けていいはずがない。

甘い雰囲気に流されないフィアンに焦れたのだろうか。エストラルは窓際にフィアンの体を押しつけると、かかっていたカーテンから飾り紐をとった。

気がつけばフィアンは抱きしめられているのとは別の形で体の自由を奪われていた。唖然としたフィアンが、窓に打ちつける雨粒を見ているうちに、エストラルはカーテンの飾り紐でフィアンの両手を後ろ手にくくりつけてしまう。

「なにをして……エスト。わ、わたくしはこんなことはしないと言っているのです……ふぁあんっ」

身を捩って逃れようとすると、大きな手のひらに胸を摑まれた。

淑女のように体を締めつけるコルセットをしているわけではないから、布を通してもエストラルの手の感触が生々しい。

ブラウスのなかに肌着を身につけていても、大きな手で胸を揉まれると、艶めかしい気分が急に昂ぶって、胸の先が硬く起《た》ちあがるのを感じた。

「雨に濡れたせいで、ブラウスから肌が透けて見える……新妻のこんないやらしい格好を見せつけられて、我慢できるわけがない」

まるでフィアンが誘ったような口ぶりだ。

「こんなの、ランス=ランカムではよくあること、ですのに……あぁんっ、あぁっ！」

いやいやと子どもがむずかるように首を振って、許してくれとお願いしたけれど、無駄だった。

両手の指先で胸の蕾を抓まれ、その鮮烈な快楽にびくんびくんと体が跳ねる。

「や、あ……あぁん……エスト、なんで……ぇ」

濡れた布地を通して胸を揉まれると、直接、肌に触れられたのとは違う感触に、先日抱かれたとき以上に興奮を掻きたてられた。

身悶えしながら、鼻にかかった声が可憐な唇から漏れる。

「なんでじゃない。具合が悪いだの、用事があるだのと言っては私のことを避けていたフィアンが悪い……我慢の限界だ」

「避けていたって……ふぁっ⁉」

聞き捨てならないことを言われた気がして、もっと詳しく聞こうとしたのに、指が食いこむくらい乳房を強く掴まれて、言葉が続かなかった。

エストラルの指先は下着の下で硬くなった乳頭をしばらく責めて、やがて飽きたのだろう。

器用な指捌きでブラウスのボタンを外しはじめた。

途中までボタンを外したエストラルは、フィアンの腹を覆うショートコルセットに気づいて、ちっ、という端整な顔に似合わない舌打ちをした。

ショートコルセットの編みあげの紐を解いて、またブラウスのボタンに手をかける。

宿屋が崖地に立っているせいだろう。格子の窓の外は緑と空しかないが、開けた場所に向かって胸を突きだしているかと思うと、フィアンは落ち着かない。

誰もいないのに人に見られている気にさせられて、それさえ体の芯を熱くする火種《ひだね》になっている。ブラウスは肩まではだけられ、肌着もたくしあげられて、胸を露《あら》わにされるとなおさら恥ずかしくて仕方ない。

「で、でもやぁ……冷た……ふぁん、あっ、あぁんっ！」

雨に濡れたあとだからだろう。エストラルの手はいつになく冷たくて、その冷たい手で胸を揉まれ、赤い蕾を抓まれると、慣れない刺激にぞくぞくと震えあがるような快楽が背筋を這《は》いあがった。

「いい声だ……かわいい声でもっと啼いてごらん？　ああ、そうか。窓のそばで感じているのかな？」

ときどき捕食者の顔を見せて、エストラルはいじわるな声を出した。

性戯をはじめると、紳士然としたやさしいエストラルはどこかに消えて、いじわるを言うエストラルにとって代わる気がする。

フィアンが彼の言葉に反応してぎくりと身を強張らせたのを気づかれたのだろう。

わざとらしく、胸の先をガラスに押しつけられた。

「ふぁ……あぁんっやぁん、エストエスト……ダメぇ……冷たいの、感じちゃう……あぁっ、あぁ――――!」

つんと硬く突きだした乳頭はこれまでも十分感じていたのに、冷たい刺激を受けたとたん、堪えきれなかった。びくびくと身を震わせて、フィアンは早くも軽く達してしまった。

かくんとくずおれそうになった体をエストラルの腕が支える。

「見られて感じてしまうなんて、いやらしい王女さまだな。私の新妻は。もう下の口もびしょ濡れなんじゃないか?」

いじわるなことを言うエストラルは、くたりと力の入らないフィアンの体を窓際に押しつけて、ペチコートごとスカートをまくりあげた。

足下がすうすうすると感じた次の瞬間には、ズロースの股割れから指を挿し入れられる。

「ひゃぁっ!?　あぁ……や、ぅ……あぁん……ン、はぁん……っ!」

フィアンの秘めていた淫裂を冷たい指が辿ると、ぬるりと粘ついた液の感触がする。フィアンはドキリとした。

「ほら、もうこんなに濡れて……昼間だからやめてくださいなんて口だけじゃないか……フィアン？　体のように素直になってごらん？」

　ねっとりと誘いかけるような声で耳元に囁かれると、それだけでぞくりとしたおののきが体中に走る。

　その間も骨張った指はくちゅくちゅと音を立てて、濡れそぼった秘処を責めたてるのをやめない。

「んっ、んっ……だ、だってこんなの……ダメ、なのに……殿下、お願いです——。もうやめてくださ……ひゃあんっ」

　下肢で蠢《うごめ》く指の感触に耐えかねて、太腿《ふともも》を擦り合わせようとしたところでエストラルの指先が淫唇のなかへぬぷりと押し入った。

　内側の生々しく感じる部分を指先で嬲《なぶ》られて、甲高い嬌声があがる。

「ダメ、じゃなくて、早く入れての間違いだろう？　それにペナルティだ……ん」

　エストラルの声は完全にフィアンを捕食する肉食動物のそれになっていた。

　うなじにちゅ、と唇を落とされると、体中の産毛が総毛立つ。

　目では見えない場所だからだろうか。体の裏側を嬲られると、肌に触れられるのとは違う快楽に身が震える。

　ちゅ、と肩胛骨にキスを落とされて吸いあげられると、自分の体なのに、その部分がエストラルに奪われていくような心地にさせられて、フィアンは溺れそうな心地になった。

はふりと熱い息を吐くと、下肢の狭間に指とは違う硬いものが当たっていることに気づいた。

いつのまにトラウザーズの前を寛げていたのだろう。

反り返ったエストラルの肉槍が淫唇に触れていることに気づいて、心臓が跳ねた。

「ひゃ、あ……待って、エスト。わ、わたくしわたし……」

――ど、どうしよう。違うの。また抱かれて、子種を体のなかに出されてしまったら……。

最悪の想像を思い出してしまい、快楽とは違うおののきが沸き起こる。

「待たないと言ったばかりだろう？　覚えの悪い新妻にはお仕置きだ……ほら、こうすると気持ちいいだろう？」

ぬるりと濡れそぼった蜜壺《つぼ》を肉槍で擦られて、嫌な想像に冷めた体がまた熱を上げた。

腰を摑まれて、太股で挟みこむ形になった肉槍を動かされると、淫蜜を絡めて割れ目の柔肉を嬲られる。熱を上げたところがぞくぞくと感じて、フィアンは露わになった胸を揺らしながら、「あっあっ」と短い嬌声をあげた。

「ほら、気持ちいい声が止まらないくせに……フィアン？　入れてほしい？」

低い声を囁いたあとで、耳を軽く食《は》まれると、そんなところにも性感帯があるのかと思うほど、ぞくぞくとさせられてしまう。

下肢を攻められて耳も犯された状態で、エストラルの提案に逆らうのは難しい。

それでも、フィアンはせめて声を出さないようにしようと耐えていたのに、焦れた皇太子は今度は両手で胸を摑み、また乳頭をきゅっと抓みあげた。

「ひぃぁあんっ！　あぁ……あっ、あっ……や、ぅ……ンあぁんッ」

下肢に集まっていた快楽が、胸の先を触れられたことでまた上半身にも集まって、フィアンの体はがくがくと身震いした。

「ほら、入れてほしいだろう？　ん？　フィアン、もっともっと気持ちよくイかせてやるから、なにも考えずにうなずいてごらん？」

なにも考えずに——というのは、きっと貞操観念や窓際でしているということを指してエストラルは言ったのだろう。

しかしフィアンには、違う言葉に聞こえた。

——いまだけ、王女殿下のことを忘れてもいい？

身代わりの花嫁に過ぎないフィアンが、王女の代わりに純潔の証明をしただけならまだしも、何度も抱かれるのは契約違反だ。城に顔を出すなと言われたのは、言葉通りの意味ではなく、エストラルと会うなという意味だとはフィアンも理解していた。

フィオーヌ王女に内緒でエストラルと会っているだけでも十分罪深いのに、嘘を吐いたまま愛情を代わりに受けていいはずがない。

そう理性は訴えるのに、フィアンは小さくうなずいてしまっていた。

自分でもわかっていた。広場でフィアンのことを待っているエストラルを見たとたん、自分

の気持ちを自覚していた。

――わたし、エストラル皇太子殿下のことが好き……お慕い申しあげております……。

絶対に口にできないことだとわかっていても、胸の奥で呟くだけで甘やかな気持ちが広がる。

「うなずいたな、フィアン？」

自分で無理やり首肯させておいて、そのうれしそうな声はどうなのだろう。

羞恥に耐えかねて、窓ガラスに額を当てたままのフィアンが沈黙していると、急に体をぐるりと回された。

いままで窓の外が見えていたのが、急ににやにやと相好を崩したエストラルの顔に変わる。

「あ……」

エストラルの目元もわずかに赤い。まるで照れ隠しをするような表情でフィアンを見ていたから、思わず見入ってしまい、抵抗するまもなく唇を塞がれていた。

「ンんぅ……んん……」

――やっぱりこういうときにするキスはずるい。

好きだと自覚したばかりだから、なおさらキスが甘く感じてしまう。

気持ちだけは甘やかだけれど、抱き合う格好はひどく猥りがましい。

露わになった胸の先は真っ赤に染まって揺れ、フィアンの後ろ手に縛った腕を窓際に押しつけたまま、エストラルは力の入らない右膝を抱えあげた。

立ったまま広げられた下肢の狭間に、硬いものを突きつけられて、ぎくんと体が震える。

「ふぁぁ……あぁん……あぁっ、ひ、あぁんっ！」

つぷつぷと淫らな水音を立てたのが、まるで耳元で聞こえたかのようだ。

硬く膨らんだエストラルの肉槍は、立ったまま、フィアンの淫唇を貫いていた。

「くっ、狭い……な、まだ。もっともっと新妻を抱いて、俺の形を覚えさせないとダメだな」

ずずっと狭隘な膣道が絡みつくように、エストラルの肉槍を貪《むさぼ》っている。

硬くて太いものに貫かれて、正直に言えば苦しい。

なのに、苦しさとは別に、じゅくじゅくと膣道は疼いて、フィアンは自分の欲望がもっともっと叫んでいるような気さえした。

無理な体勢で貫かれているから、ちょっとでも脚の力が抜けそうになると、体勢が変わって肉槍が奥を突いてしまう。

ずず、っと膣内を進んでいくと、肉槍の引っかかりがひどく感じる場所を掠めた。びくんと半裸の体が跳ねる。

「あぁんっ……それ、ふぁあぁっ……ンあぁっ、は、あぁン……ッ！」

肉槍を根元近くまで引き抜かれ、また奥まで押し戻されると、震えあがるような快楽が爪先から頭の天辺《てっぺん》までを駆け抜けた。

鼻にかかった嬌声がひっきりなしに漏れる。

「フィアンの啼き声はかわいい。潤んだ瞳も真っ赤な顔も食べてしまいたいくらいだ……フィアン。このまま、帝国に来い。離れて暮らしたくない……くっ」

がくがくと抽送を繰り返しながら、エストラルはフィアンの髪を撫でた。

「あっあっ……な、に？」

快楽に頭が真っ白になっているせいで、言われた言葉がよく理解できない。

頭の芯が甘く痺れて、話す言葉も覚束《おぼつか》ないでされるままになっていると、後ろ手に結ばれていた飾り紐を解かれた。ずっと結ばれていたせいで、指先にうまく力が入らない。そのフィアンの手を無理やり自分の首に回させると、エストラルは彼女の体を抱きかかえるようにして、また太股を大きく開かせた。

「私にしっかりと抱きついていろ、フィアン——もうおまえは私のものだ。約束なんて関係ない。おまえを絶対に帝国へ連れ帰ってやる……ふ、ぅ」

苦しい姿勢のまま、腰を揺らしながら口付けを奪うなんて器用すぎる——。

窓際の情交で、フィアンの意識があったのは、それが最後だった。

「フィアン——フィオーヌ……愛してる。おまえが私の花嫁になってくれてよかった」

甘やかすような声が降ってきて、抽送が一段と速くなる。

ぞくぞくと愉悦の波が大きくなったところで体の奥に白濁とした子種を注がれたのを感じた。

頭のなかが真っ白に弾けて、フィアンの意識は吹き飛んだ。

力を失ったフィアンの体をエストラルの腕が抱き留める。萎えた己の肉槍を引き抜いて、彼が新妻を腕に抱きあげてベッドに運ぶのを、フィアンは夢うつつのなかで感じていた。

「やっと捕まえたんだから、これで解放されると思うなよ？」

楽しそうにのどの奥で笑うのをフィアンが聞いたら、絶対に涙目になって首を振ったはずだ。


「ん……ううん……？」

しばらくして、ぼんやり意識を取り戻したフィアンに、食らいつくようなキスが降ってくる。

「さて、フィ、フィアン。第二ラウンドと行こうか」

にやりと笑うエストラルは、いつのまにか自分の服を脱いで全裸になっている。

「……殿下？　え、ちょっと、待って……え？」

フィアンの服も脱がされ、全裸でベッドに横たえられていた。その意味するところはひとつしかない。

「だからさっきから何度待たないと言ったらわかるんだ……おまけにペナルティだ……んんっ」

まだ覚醒しきっていない頭で、慣れない愛称で呼べというのは無理ではないのか。

唇を塞がれたフィアンは涙目になりながら、エストラルを睨みつけた。

「そんなふうに挑戦的な目つきをされると、男はなおさらそそられるものだぞ……ああ、そうか。新妻は立って喘がされただけじゃ物足りなくて、私を煽《あお》っているんだな」

「そ、そんなことはしていません……ふぁっ……ッ」

抵抗しようとした端から、のどを愛撫《あいぶ》されて、ぞくんと下肢の狭間が疼いた。

意識を飛ばしてまだそんなに時間は経っていないのだろう。

体はまだ激しい情交の熱を覚えていて、肌に唇を這わされるだけで、愉悦の波が昂ぶってしまう。しかも、なにか硬いものがお腹に当たっているなと思ったら、さっき達したはずのエストラルの男根はすでに硬度を取り戻して元気に反り返っていた。

「ちょっと……待って無理。無理です……わたし、帰らないと……」

「無理じゃないし、こんな中途半端なところで帰さない……フィアン。もう一度かわいい啼き声を聞かせてくれ」

膝を立てられると、エストラルは早急に肉槍を押し入れてきた。

「ふぁああ……大き……あぁんっ、なんで……？」

一度貫かれて狭隘な場所は開いているはずなのに、なぜかさっきより肉槍が大きくなったように感じる。

「かわいい新妻を裸に剥《む》いているのが楽しくて、こんなになってしまったんだ。体で責任を取ってもらおうか、フィアン？」

ぐりぐりと奥へ押しつけるように肉槍を動かされると、体の内側で火花が散ったように快楽が疼いた。

「ふぁ、あぁんっ、あっあっ……やぁんっ……でん……エストが勝手に裸にしたくせに！」

角度を変えながら肉槍をゆっくり抽送されると、いままでとは違う感じる場所を擦って、腰が抜けそうなほどの愉悦が沸き起こった。

鼻にかかった嬌声がひっきりなしに唇から漏れて、フィアンは裸体をくねらせる。

脚に脚を絡めて、喘ぎ声の合間にキスをして、端整な顔にドキドキさせられながら首に腕を回して——。

「エスト……だ、抱いて……」

掠れた声で、思わず呟いていた。

イかせてほしいとまで言うのは無理だった。

でも、肌を重ね合わせているときに、こんな我が儘を口にするのは、エストラルにただ好き勝手されるよりもずっと甘やかな気分にさせられる。

「愛しているよ……私のかわいいフィアン」

応えるように甘い言葉が頭上から降ってきて、フィアンは頭の芯がジンと痺れるのを感じた。

蜂蜜をとろとろに流されて、そのなかに浸っているような気がするほど蕩かされている。

この行為が許されないことだとわかっていても、ぎゅっとエストラルの首にしがみついた瞬間、フィアンは確かにしあわせだった。

第五章　嫉妬に狂った皇太子は淫らに責めたてる

エストラルにさんざん貪られたフィアンは、翌朝目を覚まして顔色を変えた。

街を案内するのもやめようかと悩んでいたくらいだから、まさか宿に泊まる羽目になるとは思っていなかった。

当然のように無断外泊だ。

「ん……どうかしたのか?」

まだ寝起きでぼんやりしたエストラルに、片手で腰を抱き戻されそうになり、フィアンは慌ててその手から逃れた。

「朝帰りなんて冗談じゃ……冗談ではなくてよ。こういうことは二度となさらないでください!」

慌てて体を拭いて服を着ようとするフィアンとは対照的に、エストラルは裸のまま、まだ悠然とベッドに寝転がっている。

「フィオーヌが帝国に来てくれれば、なんの問題もない」

欠伸《あくび》をしてこれから二度寝に落ちようかというのだろうか。フィアンがなにをいきり立っているのかわからないと言わんばかりの態度だ。

――もちろん、殿下は新妻を抱いたつもりなのだし、新妻に話しかけているつもりなのだし、夫が妻と共寝しても当然と思っておられるのでしょうけど！

しがない身代わりとしては、あまりにも新妻をかわいがられると困ってしまう。本当の王女と話が噛み合わない可能性だってあるのだ。

「殿下、今日のことは忘れてください。わたくしも忘れますから」

淑女のドレスと違い、町娘の格好というのは簡単だ。いつもひとりで着ている服だから、下着にブラウス、スカートにエプロンと、あっというまに身につけていく。腕を後ろに回し、ブラウスの襟から亜麻色の髪をふぁさりと掻きだす。その仕種をエストラルが蕩けそうな瞳で眺めているのは見ない振りだ。

視線の熱なんて感じていないと自分に言い聞かせて、ショートコルセットの編みあげ紐を結んで、身だしなみを整える。

身なりをきちんとしても、下肢にはまだ違和感が残っているし、頭にはかっかと血が上っていた。

話しかける声がとげとげしくなるのも無理はない。

しかし、エストラルはフィアンの険のある態度なんてものともしないようだ。

「わかった。今朝のことは忘れてやるから、昨日のフィオーヌ……フィアンが何度も俺の腕で果てたことは記憶のなかで反芻《はんすう》しておく」

　にやにや笑いを浮かべたエストラルは、フィアンの言葉尻を捉えて言う。悪びれない態度に神経を逆撫《さかな》でされたフィアンは、身分差を忘れて、きっ、と彼を睨みつけた。

「重ねて申しあげますが、昨日と今日街でお会いしたこと――特にこの宿に着いてからのことは、すべてお忘れくださいますよう！」

　怒りのあまり、ぶるぶる震えながら言い放ったフィアンは、肩掛け鞄を手にすると、乱暴な足取りで部屋を出ていった。


　エストラルとの最後のやりとりも最悪だったが、家に着いてからがもっと最悪だった。

「フィアン、いくら王城の手伝いとはいえ、城に泊まるときはちゃんと連絡しろと言っただろう⁉」

　顔を見せたとたん、父親のデニスは怒濤の勢いでまくし立てた。

「ご、ごめんなさい、父さん……疲れて眠ってしまって……その」

　怒気の強さに怯んだ舌がしどろもどろに言い訳をする。

　本当のことは言えない。言えないから、ひたすら謝るしかない。

　――まさか殿方と宿に泊まり、抱かれていたなんて……。

未婚の娘にあるまじきふしだらさだ。

せめてもの慰めといえば、パサージュから離れた地区の宿屋だったことくらいだろうか。エストラルと宿屋に出入りしているところを顔見知りに見られていたら、目も当てられない。

「今日はもう手伝いはいいから、部屋から一歩も出るな！」

そう言い放つや背中を向けたデニスは、パブのカウンターの奥で料理の仕込みをはじめてしまい、もうとりつくしまもない。仕方なく店の奥から二階に上がったけれど、正直に言えば、ひとりになれるのはありがたかった。

いまだに気持ちの整理がついていないフィアンは、自分の部屋のベッドに腰掛けて、深いため息を吐きだす。

記者会見のときにエストラルと会ってから自分の身に起きたことは、いまでも夢じゃないかと思っている。

――結婚式を挙げて、キスをして、初夜をすませて……。

ただの身代わりにすぎなかったのに、まるで本当に彼と結婚してしまったかのような錯覚に陥っていた。

いい気になっていた自分が情けない。エストラルにまた抱かれてしまったのは、フィアンの油断が招いた失態だった。

命じられてもいないのに、勝手に王女の真似をしたツケが回ってきたのだ。

パサージュのロイドの家で偶然会ったときは、身代わりを終わらせるために仕方がなかったかもしれないが、昨日のは言い訳のしようもない。

——昨日の王女殿下はなにをなさっていただろう？　今朝は？

示し合わせての身代わりではないのだから、エストラルが王城に戻れば、昨日、王女は街中ではなく城にいたことがわかってしまうはずだ。

——そうすれば、わたしは……

この勝手な行動を王女に知られたら、王女の名を騙《かた》った罪を問われるかもしれない。

投獄されても仕方がないことをフィアンはしたのだ。ただ自分がエストラルに会いたいがために。

次から次へと不安な気持ちが沸き起こり、フィアンはベッドの上で体を丸めた。

そのまま、泣きながらしばらく眠っていたらしい。

窓から空を見ればすでに日は傾いて、パブに客が集まりはじめる時刻になっていた。

ノックをする音でぼんやりと目を覚ますと、扉の向こうから、様子をうかがうようなギャロンの声が聞こえる。

「フィアン？　いるんだろう。城からお客さまが来ているぞ」

「お客さま？」

ぎくりと身を強張らせてしまったのは、うたた寝に落ちる前に自分の罪について考えていたからだ。

しかし、衛兵なら有無を言わず踏みこんでくるだろうし、お客さまという言い方はおかしい。

――反省させられているこんなときに、わざわざ部屋に通してくれるなんて……誰だろう？

心当たりがなくて、どきりとさせられる。

――まさかエストラル？　なんてことはないか……。

自分に都合がよすぎる願いを切って捨てたフィアンは、頬を濡らしていた涙を手の甲で拭い、まだ痛みを感じる体でのろのろと立ちあがった。

扉を開くと、廊下にはフード付きのマントを被った娘が立っていた。

「メリーアンさま？」

いつも彼女が身代わりの依頼に来るときの格好だったから、フィアンはどこかほっとしながら、名前を呼んだ。メリーアンなら、そう悪い訪問者ではないだろうと、なかに入るように扉を開けた。

しかし、フィアンの安堵を嘲笑うように、フードを下ろして素顔を見せたのは亜麻色の髪の娘だ。メリーアンじゃない。彼女の髪の色はもっと濃い茶色だったからだ。

フィアンははっと息を呑んで、顔色を失う。

「その顔ではわたくしがなんでここに来たのかわかっているようね。見損なったわ、フィアン」

侍女の格好に身をやつしてやってきたのは、フィオーヌ王女そのひとだった。

いままで王女はフィアンの家に来たことはない。だから、これが特別な理由があっての訪問だということは考えるまでもなかった。

「わたくしの振りをしてエストラル皇太子殿下に会うなんて……どういうつもりなの？」

デニスがしたように激昂して怒鳴るより、静かな声で問われるほうが強い怒りを感じることもある。

王女は普段から感情を露わにする性質《たち》ではなかったが、抑えた声音はかすかに震えていた。

「王女殿下……返す言葉もありません……」

父親にはまだ口にできたわずかな嘘も言い訳も、王女を前にのどから出てこなかった。

ただ深々と体を沈めて、平伏するばかりだ。

「身代わりがばれたら、どういうことになるのかわかっているの？　最悪の場合、王家はとり潰し。ランス公国は属国ですらなくなり、完全に神聖ゴード帝国に併合されるかもしれなくてよ」

「この国が……なくなる？」

思ってもみなかったことを言われ、フィアンは自分とよく似た顔を前に青い瞳を瞠《みは》った。

「そのぐらいの罪をあなたは犯したということよ……わたくしとの結婚だって、皇太子にしてみれば、併合を見据えてのことかもしれない。そんな危険を孕《はら》んだ結婚だったの。もっとうまく立ち回ってくれる娘だと思っていたけど、あなたには失望したわ、フィアン」

ずっと身代わりをやめたいと思っていたはずなのに、王女から失望したと言われると、フィアンは頭を鈍器で殴られたかのような衝撃を受けた。

ランス公国に住むからには、自分たちが庇護《ひご》を受けている王族の頼みを断れるわけがない。

だから、フィアンは王女の我が儘に振り回されていた。

でも同時に、年頃の近い王女やメリーアンと話すことが楽しみにもなっていた。その事実にいまになって気づいた。

「申し訳ありません。王女殿下……わたしは……」

取り返しのつかないことを――。

目の前が真っ暗になり、唇が震える。

うちのめされたフィアンに、王女はとどめの一言を放った。

「もう二度と皇太子殿下と会わないで」

その命令は、今度こそフィアンの体を戒《いまし》めるように、厳然と響いた。

† † †

王女と会ったあとのフィアンは目に見えて意気消沈していた。

やってきたのがただの使いではなく王女だと知らない兄のギャロンは、フィアンのあまりの落ちこみように部屋にひとりにしておくのが心配になったらしい。翌日は、パブの店内だけなら手伝いに出てきてもいいように、デニスを説得してくれた。

それでいま、フィアンはカウンターの奥の、人目につかない席でテーブルに突っ伏していた。自分で招いたこととはいえ、このところ立て続けに起きたことに、混乱もしている。なにか考えようとするたびに思考が縺《もつ》れて、まともな結論が出せないでいた。

「フィアン……大丈夫か？　その、朝帰りを怒られたんだって？」

薄暗い場所で落ちこんでいるフィアンを見かねたのだろう。幼馴染みのリーアムが声をかけてきた。

「リーアム……兄さんと父さんには内緒にしてくれたのね」

偶然にもリーアムにはエストラルといっしょにいるところを見られていた。王女の振りをしていたのは事実だが、男とふたり連れでいたことを父親のデニスに告げられたら、王城に手伝いに行っているというのは嘘だと知られていたはずだ。

そうなれば、父親の怒りはもっと激しいものになっていただろうから、フィアンはリーアムに借りがあった。

「この間一緒にいた男に振られたのか？」

鋭い質問に、思わず息を呑む。

――振られたというか、本当は初めから相手にされてないわけで……。

エストラルのお相手はフィオーヌ王女殿下であって、フィアンではない。

妻である王女の振りをしていたから、やさしくされただけだとわかっている。それでも、フィアンの心はエストラルの声を聞きたがっていた。

俯いたままでいるフィアンの沈黙をリーアムはどう捉えたのだろう。いつも慰めてくれるときのように、フィアンの肩に手をかけた。

「貴族の男だったんだろう？　そんな相手、忘れたほうがいい」

リーアムの言葉は、言外に、貴族がフィアンのような町娘をまともに相手にするわけがないと滲ませていた。

「別にそんなんじゃないわ。あの方には街を案内してさしあげただけ」

真実を話して誤解を解くわけにはいかないが、フィアンはエストラルに遊ばれたわけではない。

苦い笑みを浮かべて言い訳すると、唐突にリーアムの手がフィアンの両の肩を摑んだ。

「そんな顔して無理に笑うな、フィアン。いいんだ……その、もしその相手となにかあったのだとしても構わない。俺と結婚しよう」

「ええっ!?」

エストラルとのことを話していると思っていたのに、唐突にプロポーズされ、フィアンはびっくりしてしまった。

「本当はもっと前から申し込もうと思っていたんだ。でも、ギャロンの借金もあって君はしょっちゅう城に手伝いに上がっていたから、まだ早いと思って……なかなか言い出せなかったのをいまは後悔している」

「リ、リーアム。正気なの!?　なんで？」

動揺して幼馴染みから離れようと思ったけれど、カウンター席に座ったまま肩を強く摑まれていて、フィアンはわずかな後ずさりもできずにいた。

「おかしな話じゃないだろう？　身分差もないし、君だってそろそろ結婚を決めていい年頃だ。実はデニスさんにはずっと前から話していて、フィアンさえよければ構わないと言われているんだ」

気持ちが落ちこんでいるフィアンには青天《せいてん》の霹靂《へきれき》だったが、リーアムの話は筋が通っている。

確かに王女の身代わりもしておらず、エストラルとも会っていなかったら、フィアンはリーアムと結婚していたかもしれなかった。

――でもわたし……皇太子殿下に抱かれて……ううん、もし抱かれていなかったとしても、まだ気持ちの整理がついていない。

エストラルを好きなことさえ、自覚したばかりで、別の人から好きだと告白されたからといって、すぐに感情を変えることはできない。

「ありがとう、リーアム……その気持ちはうれしいわ……でも」

断りの言葉を口にしようと顔を上げたとき、パブの客がフィアンとリーアムを見ていることに気がついた。

「フィアンとリーアムなら、お似合いじゃないか。なぁ、みんな？」

「王女殿下の結婚式にかこつけて結婚するカップルが増えているっていうじゃないか。リーアムもやっと身を固める覚悟を決めたってことだろう？　なかなかフィアンに告白しないから、賭けの結果が出やしねぇ」

常連客の何人かから「そうだそうだ」という冷やかしの声があがる。

「な、なに……どうして？」

店の客がみんなリーアムを応援していることに気づいて、フィアンはとまどった。

「フィアンが気がついていなかっただけで、リーアムがおまえを好きなのはうちの店じゃ周知の事実だったたってこと」

兄のギャロンまでがフィアンに回答を迫るように取り囲む。

「ちょっ、ちょっと待って！　わたしにはなにがなんだか……」

「おいおい、フィアン。何年もフィアンのことを思っていた相手にそれはないだろ？」

「リーアムがかわいそうじゃねぇか、なぁ」

みんなはよってたかってフィアンとリーアムをくっつけようという魂胆らしい。

リーアムといっしょにパブの真ん中に連れられ、手を叩いて囃《はや》し立てられる。

「もう一度言う。店のみんなが証人だ。フィアン、俺と結婚してくれ」

周囲の手拍子は次第に速まっていき、断るなんてできそうにない雰囲気だ。

いつもなら悪ふざけがすぎると客を諌《いさ》めるデニスも黙認しているのだから、父親の許可をもらっているというリーアムの言葉は嘘ではないのだろう。

――父さんはわたしとリーアムを結婚させるつもりなの？

デニスがそう決めたなら、フィアンは従うしかないのかもしれない。

でも、口を開こうとするたびにエストラルにキスされたことや、甘い声で『フィアン』と名前を呼ばれたことがよみがえり、どうにも踏ん切りがつかない。

次第に、いま入り口の鈴を鳴らして入ってきた客がエストラル本人に見えてきた。

――こんなところに皇太子殿下が来るわけがないわ……会いたいあまり、頭がどうかしてしまったのね。

自嘲めいた笑みを浮かべて、妄想を振り払おうと首を振る。

しかし、むっとした顔でテーブルの間を縫って近づいてくるエストラルの妄想は消えない。

というより、どう見てもエストラル本人にしか見えない。

――どうして？　どうして殿下がこんなところに⁉

おどろくあまり、口をぽかんと開けたままのフィアンは、逃げることすら思いつきもしなかった。

パサージュで会ったときに来ていた黒いコートを纏う姿は、パブの客のなかで浮いて見える。

ただでさえ、背が高いエストラルは厳めしい顔をしていると威圧感が漂う。

無言で人垣を掻き分けてカウンターの奥にやってくるエストラルに気圧《けお》されたのだろう。誰も止めなかった。

「いっしょに城まで来てもらおうか、フ、フ、フィアン」

カウンターの奥まで来たエストラルは乱暴にフィアンの手を摑む。

噛んで含んだように自分の名前を呼ばれて、これは王女の身代わりとして来いという話ではないのだとフィアンは気づいた。

――殿下は王女殿下とわたしの関係を知ってしまったんだわ。

それがどういう意味を持つのか、フィアンは王女から釘《くぎ》を刺されて知っていた。

『最悪の場合、王家はとり潰し。ランス公国は属国ですらなくなり、完全に神聖ゴード帝国に併合されるかもしれなくてよ』

王女の厳しい声が耳によみがえる。

「おい、フィアンの手を放せ！」

フィアンの手を摑んだエストラルが踵を返そうとすると、リーアムがエストラルの肩を摑んだ。

肩越しに振り返ったエストラルは眉間の皺を深めて、さっきまでよりさらに不快そうな顔をしていた。

「リーアム、やめて！」

もしここでエストラルに逆らったら、フィアン個人の失態ではすまないかもしれない。

そう思うと、いまはエストラルの言うとおりにしなければいけない気がした。

フィアンがエストラルに連れられて店のなかを歩くと、突然事態が急変したことにとまどう客のなかから、

「おい、あれもしかしてエストラル皇太子殿下じゃないのか？」

という唖然とした呟きが漏れた。

その言葉に、居合わせた誰もが結婚式の新聞に載っていた写真を思い出したのだろう。はっと息を呑んで、動きを止めた。

入り口の扉をくぐる瞬間、フィアンは追いかけてきたギャロンに必死に言い訳をした。

「大丈夫。心配しないで……仕方ないの。城に行って用がすんだらすぐに戻ってくるから。父さんもお願い」

その約束はしかし、空《むな》しく破られ、結局フィアンはその日、城に連れられて戻ってはこられなかった。

皇太子としての正式な外出ではなかったせいだろう。エストラルがパサージュの外に待たせていたのは、飾りのない箱馬車だった。

お忍びとしては正しいと思うのに、人に知られない外出で自分のところに来たのだと思うと、フィアンはなぜか心臓が冷たくなるのを感じた。

† † †

神聖ゴード帝国とランス公国の力関係を考えれば当然なのかも知れないが、エストラルはランス公国の監視なしに王城を出入りすることができるらしい。

馬車は城門での誰何《すいか》を経《へ》てからしばらく走ったあと、王城の一角に停まった。

馬車の外に出され、馬寄せから建物のなかに入るまでの間、高い尖塔を目にして、フィアンは自分が主翼棟《しゆよくとう》から離れた場所に連れてこられたのだと知った。

フィアンの知る限り、王女の部屋がある主翼棟と賓客《ひんきやく》が泊まる客室棟は離れていたはずだ。

――もしかして、このことを王女殿下はご存じではないのかも……。

客室棟の中央を走る身廊を歩きながら、フィアンは自分の手を摑んだまま早足で歩くエストラルについて行くだけでせいいっぱいだった。身長差があるせいで、足の長いエストラルに早足で歩かれると、どうしてもフィアンは小走りになってしまう。

いっしょに街を歩いたときは、フィアンに合わせてくれていたのだと気づいて、なおさら惨めな気分になった。

もう、あのときのような気遣いをエストラルはしてくれないのだ。

自分が騙していたのだから当然の報いだとはいえ、胸が軋むように痛んだ。

身廊の突き当たりで左右に広がる階段を上がり、二階の一室まで引っ張っていかれた。

二重扉を通った先は、王女の部屋のように豪奢な部屋だ。

二階まで吹き抜けとなったメゾネットタイプになっており、飾り盾のついたマントルピースに垂れ下がるシャンデリアがフィアンを出迎える。

「お帰りなさいませ、殿下――フィオーヌ王女⁉」

部屋にいた侍従はいつだったか時計技師のところで見かけた青年だろうか。フィアンの顔を見るなり、ぎょっとした驚きの顔になった。

化粧もしていなければドレスも纏ってないのに、ひと目見て、王女かと見間違われるのは複雑な気分だ。

エストラルは自分の侍従を一瞥《いちべつ》して、フィアンの手を掴んだまま、さらに奥の部屋へと向かう。

「オルエン、誰が来ても私はいないということにしておけ。この娘のことは他言するな」

「……かしこまりました。あ、皇后陛下から電信が来てますが、これはどういたしましょう？それと、例の調査結果もあがってきてます」

短い時間に立て続けにされる報告に、エストラルの忙しさが垣間見える。

小国の王族であるフィオーヌ王女でさえ、公務がひっきりなしに入る合間に、よく書類のサインをしたり、指示を出したりといったことをしていた。

大国の皇太子ともなると、結婚式のために国の外に出ていても、仕事のほうが追いかけてくるのかもしれない。

エストラルの両親——皇帝夫妻は結婚式の翌日には故国に帰っている。しかしいまは、電話や電信といった遠方と連絡を取る手段があるから、必要があれば、簡単に伝えることができるのだった。

「まとめてそこに置いておけ、あとで見る」

簡潔なエストラルの返事に、オルエンと呼ばれた侍従はまだなにか言いたそうな顔をしていたが、敬礼して、反論はもうしなかった。

フィアンが連れこまれた奥の部屋は、貴賓室のゲストルームらしい。独立した応接セットとベッドが付いた部屋だった。

王女の部屋もそうだが、貴人向けの部屋というのは、応接間と寝室、それに侍女などが控える従者の部屋があり、場合によってはゲストルームまで備えているものらしい。

エストラルはソファに無理やりフィアンを座らせると、開口一番にこう言った。

「いったいあの男はおまえのなんなのだ⁉　この間街でも会ってたな？　なんでおまえに求婚

していた⁉」

「え？　あの男ってリーアムのこと、ですか？」

これから尋問でもされて王女の身代わりをしたことについて責められるのだと覚悟していたフィアンは、思ってもみなかった質問にすぐに答えが出てこなかった。

しかし、フィアンの困惑に気づかないエストラルは沈黙を違う意味に取ったようだ。さらに苛立った声で質問を繰り返した。

「私に言えない話なのか？　あの男と結婚する約束をしていて私に抱かれたのか？」

鬼気迫る形相で問われても、フィアンとしてはなにが起きているのかよくわからない。

なのに、エストラルはフィアンの顫に手をかけると、以前に王女の身代わりをしていたときと同じように、フィアンの唇を奪う。

食らいつくように唇を吸われて、なんの心の準備もしていなかったフィアンは息苦しさに呻いた。

「ンンぅ……ん〜〜〜⁉」

びっくりして鼻で息をすることも忘れてしまった。息苦しさのあまり、エストラルの胸を叩いて放してくれと訴える。

エストラルの唇が離れて、荒く肩で息をしていると、なにを思ったのだろう。今度はソファに押し倒されていた。

「あの男と結婚することにしたから、私からのキスは受け入れられないと――そういうことか？」

「い、いったい殿下はなんの話をされているのです⁉」

　これではまるで嫉妬に狂った恋人のようだ。

　恋人のことが好きで好きで、独占欲の塊となった男ならこんな台詞《せりふ》を吐くかもしれない。しかし、どう考えてもそれはおかしい。混乱したフィアンの頭でもそれだけは理解している。

　――だってパサージュのパブに殿下が現れたってことは、わたしが王女殿下の身代わりをしていたことを知らなければありえない。

「あ、あの……皇太子殿下、失礼を承知でおうかがいしますが、どうしてパサージュのわたしの家がわかったのですか？」

　フィアンにエストラルと会うなと言ったのだから、フィオーヌ王女が教えたはずはない。なのにどうしてエストラルにフィアンの居場所がわかったのか、それがフィアンには不思議だった。

「フィアン、私はおまえに何度殿下というのはやめろと言った？」

「え？　あの、ですが……」

　むっとした顔をされても困る。もうフィアンがフィオーヌ王女の身代わりをしていることはばれてしまったのなら、名前を呼び合うという芝居も終わりのはずだ。

なのに、エストラルはフィアンに街で会ったときの続きをしろと迫ってくる。わけがわからない。わからないことだらけだ。

「殿下……わたしはただの町娘で、街で殿下が休日でいらしたときには王女殿下の振りをして謀《たばか》っておりました。申し訳ありません……その、わたしの罪を問いにいらしたのですよね？」

ひとつずつ、なにを話したらいいか考えながら口にする。

——落ち着いて、フィアン。殿下はわたしと街で会ったことをご指摘なさっただけかもしれない。

それなら、結婚式の身代わりのことは知らぬ存ぜぬで通せば、偶然街で会った娘が王女の振りをしただけということになる。

——祖国のためにも、王女からの依頼で結婚式の身代わりをしたことだけは知られてはならない。

エストラルがどこまでなにを気づいているのかわからないうちは、自分から明かすようなことは言うまいと、フィアンは探るような視線を覆い被さる皇太子に向けた。

ソファに押し倒されているなんて、尋問されるには奇妙な格好だ。

しかも、キスまでされるのも、どうも様子がおかしい。なにかが絶対に噛み合っていないような違和感を覚えていたけれど、その理由まではうまく見つけだせずにいた。

フィアンの問いかけにエストラルは眉間の皺を深める。

「罪を問う前に……フィアン・エリウッドというのが、おまえの名前で間違いないな。パブを営むデニス・エリウッドの娘で、兄がひとり。母親はいない――王女はおまえにとってなんなのだ？」

「確かにわたしの名前はフィアン・エリウッドで、おっしゃるとおりのものです。王女殿下はわたしとはなんの関係もありません」

あえて言うなら、そっくりな顔の知り合いだろうか。

王女と両手を合わせて向かい合わせに立ったとき、鏡を見ているようで、とても不思議な気持ちになったことを思い出す。

「関係がない？　誰もが見間違えるほどそっくりだと言うのに、なんの関係もない……だと？」

フィアンの頰を両手で挟んで、エストラルはフィアンに顔を近づけた。

端整な顔を近づけられると、心臓によくない。こんなときなのに、フィアンの胸は勝手にときめいてしまう。

「帝国に連れて帰ると言ったのに、城に戻ったとたん冷たい態度を取られて、私がどれほど傷ついたかおまえにわかるか？　朝までずっといっしょにいた娘がどこにもいないと知って、どれだけ胸を痛めたか」

「そ、それは確かにわたしの罪です……どうぞ殿下のお気がすむまで罰してくださいませ」

朝帰りなんて想定していなかったし、フィオーヌ王女には秘密の身代わりだった。口止めはしたが、おかしいと思われたのだろう。

それであの日、フィアンを糾弾しに、王女本人がパブにまでやってきたのだ。

「私の気がすむまで……と言ったな？」

エストラルは上着の胸ポケットから折り畳みのナイフを取りだすと、刃を出して、フィアンが身につけていたショートコルセットの紐に当てた。小さくてもよく手入れがされているらしいナイフは、コルセット用のしっかりと編まれた紐を簡単に切ってしまい、その下のブラウスにまで刃を入れた。

「あ……ああ……」

使いこまれた薄くなった綿地のブラウスは、肌着とともに簡単にナイフに裂かれて、ナイフに当たったボタンが弾け飛んだ。

一昨日、街の宿屋で抱かれたときは文句を言いながらも、ブラウスのボタンをエストラルはひとつずつ外してくれた。でもあれは、フィアンを王女だと思っていたから丁寧に扱ってくれただけなのだと思うと、愕然《がくぜん》とした。

自分から罰してくださいと言ったにしても、こういう事態を想定した言葉ではなかった。

仰向けになったまま胸を露わにさせられて、頬がさっと赤く染まる。

身じろぎもできずに固まるフィアンの双丘に、エストラルの手が触れた。

「張りがあって触り心地のいい胸だ……まさかとは思うが、あの男に触らせたりしてないだろうな？」

「ふぁ、いた――あぁっ……え？　あの男って……ンあぁんっ」

愉悦を感じるほどはまだ性感を掻きたてられてなくて、初めのうちはフィアンの胸は青い果実のようになっていた。揉みしだかれるうちに次第に、フィアンの口から鼻にかかった喘ぎ声が漏れる。

「パブでおまえにプロポーズしていた男のことだ。この肌を触らせたのか？」

エストラルの手のひらは、フィアンの肌をまるで味わうかのように下乳から腹を滑り、臍周《へそ》りの敏感な場所を撫でさすっていく。

「かわいいお臍がひくひく震えてる……ん」

柔肌を愛撫されて、ぞくぞくと腰の芯が震えたところで舌先を臍に伸ばされてフィアンは得体の知れないおののきを覚えた。

「なに、して……くすぐった……あぁんっ」

臍を舌でつつかれるなんて、フィアンは初めてで、むず痒《がゆ》い感触に身をくねらせる。くすぐったい快楽にたまりかねたフィアンは、エストラルの頭を押さえてしまった。

「き、汚いからやめてくださ……あっ」

エストラルから逃れようと身を捩ったフィアンの上半身は、思わずソファから転げ落ちていた。

不可抗力だと思うし、舌の責め立てから解放されてほっとしたけれど、唖然とした顔をされて何故か傷ついてもいる。しかも、次の瞬間にはエストラルが声を立てて笑いだしたから、フィアンはなおさら、いたたまれなかった。

「く……くくくっ……！　フィアンは私を飽きさせないな！」

「わ、わたしは別に殿下を笑わせるつもりはございませんっ……わわっ」

女性がソファから転げ落ちたところを笑うなんて失礼なとばかりに睨みつけたフィアンの体を、エストラルが片手でひょいと持ちあげた。立ちあがりながら、まるで重さを感じさせない動きで、フィアンを腕に抱きかかえる。

「わかっている。笑わせるのではなく、フィアンは私を腹上死させようというのだろう。喘いで身をくねらせたところなんかは淫らで、私を誘っているとしか思えないからな」

「さ、誘ってなんかいません！」

からかうような口調なのに、エストラルの声音はどこかやさしい。

まるで王女として抱かれたときのように、政略結婚にあるまじき愛情があると錯覚してしまいそうな響きを帯びていた。

「その顔のどこが誘っていないと言うんだ……自分で鏡を見てよく考えろ」

エストラルは自分の上着を脱いで、ソファの背に掛けると、フィアンを片手で抱き起こした。

軽々とフィアンを抱えて、スカートとエプロンをばさりばさりと床に落とす。ドレスに比べれば簡易な服装をしていたとはいえ、あっというまにズロースだけにさせられ、恥ずかしさに耳まで真っ赤に染まった。

昼日中から半裸にされているだけでも羞恥のあまり頭がおかしくなりそうなのに、エストラルはそんな格好のフィアンを膝の上に乗せて、壁に作りつけられた鏡が見えるように向きを変えた。

「ほら、こんな淫らな格好をして……男を誘っているようにしか見えないだろう？」

エストラルはフィアンの胸を下から掴んで、赤い蕾がつんと尖《とが》っているのがよく見えるように鏡に映していた。

「濡れた唇に、潤んだ瞳……んっ、白い肌がうっすら上気して艶めかしい……貪りたくなるような体だ」

後ろから抱えているエストラルは胸をこね回しながら、フィアンのうなじに唇を這わせた。

「ん、あ……あぁ……くすぐった……は、ぁ……あっ」

ちゅ、ちゅ、と啄むようなキスが首筋に動いたかと思うと、肌をきつく吸いあげられ、その刺激の変化にぞくりと肌が粟立つ。

鼻にかかった声を漏らしている自分は、確かにエストラルが言うとおり、淫らな女にしか見えない。

エストラル自身は上着を脱いだだけで、首元は白いスカーフを留めた、黒いベストとトラウザーズ姿のままだ。彼がきちんとした身なりのままフィアンを抱いているのも、羞恥を煽る一因になっていた。まるで、仕事の間にちょっとだけ性欲を満たすような、そんな慰めのためにあてがわれた女みたいだ。

フィアンのズロースの腰紐を解いたエストラルは、なかに手を伸ばして、くちゅりと濡れた淫唇に触れた。

「もうこんなに濡れて……仕方のないやつだ。早くなかを突きあげてほしいんじゃないのか？」

フィアンの赤く染まった耳朶《じだ》をぱくりと食《は》んだエストラルは粘ついた声を出して、下肢の狭間で指を動かした。

濡れた割れ目を探り当てた指先が、くちゅくちゅと柔襞を弄ぶ感触に、体の芯がきゅうきゅうと疼く。指先が膣内に入り、感じるところを擦りあげると、エストラルの膝の上で、フィアンは背をびくんと仰《の》け反《ぞ》らせた。

その一部始終を鏡で見せつけられ、フィアンは泣きそうだった。自分の体の反応だとしても、あられもない格好はいやらしすぎる。

「も、ぉダメ。いや……ゆ、許してください。皇太子殿下……どうか……あぁんっ」

ふるふると首を振って、エストラルの情けをもらえないものかと訴えたけれど、指先は性感を刺激するのをやめない。片手は胸を揉みしだきながら、もう片方の指先が粘ついた淫蜜を絡めて、秘裂をくちゅくちゅと蠢いていた。

「んっ、あぁっ、あぁんっ、あっあっ――……ッ！」

エストラルの指の動きに合わせて、喘ぎ声が止まらなくなったフィアンの体は、びくんびくんと跳ねて、快楽の波に呑まれる。

背を仰け反らせて達する瞬間の自分の顔を、フィアンは鏡で見ていた。

口では嫌だと言いながら、エストラルの指戯に蕩けさせられている女の顔だ。情けなさと羞恥に染まり、フィアンは真っ赤になって震えていた。

俯いて鏡に映る自分の姿から目を逸らそうとしたのに、エストラルの手で顎をあげさせられてままならない。

「いい啼き声だ……もっともっとそのかわいい声で啼いて、私を楽しませるがいい。そうすれば、おまえの罪を許してやる」

「ほ、本当ですか？」

鏡を通して目を合わせるエストラルは、口角の端を上げた、企みを秘めた目をしている。

けれども自分が悪いのだから、ランス公国に難癖をつけられるのではなく、フィアンの体ひとつで贖《あがな》えるのなら、安いものだ。

どうにかして、エストラルの機嫌を取らなければならない。

自分の体の下で動いたエストラルが、トラウザーズを寛げているのに気づいて、フィアンは覚悟を決めた。

「な、なにをすれば……いいのでしょう……」

頭のなかでは卑猥《ひわい》な妄想が駆け巡っている。

ほんのわずか前まで処女だったフィアンは性戯の知識が豊富にあるわけではない。それでも酔っぱらいたちがときおり話している色話から、女性が男性の物を口に含んでする奉仕というのがあることくらいは知っていたし、それぐらいの無体を求められるかもしれないと、半ば怯えながら尋ねた。

ところが、まずエストラルがしたのは、自分の腰に跨《また》がらせるために、フィアンの体をくるりと回転させることだった。

唐突に向かい合わせに顔を合わせる格好になり、ドキリと心臓が跳ねる。

いま、悲壮な覚悟を決めたばかりなのに、エストラルの顔を見るとそれでも勝手に胸がときめくから、こういう不意打ちはやめてほしい。

しかも、エストラルはフィアンの顎に手を伸ばして、魅惑的な笑みを浮かべてこう言った。

「まずはおまえから私にキスをしてもらおうか……フィアン」

低い声が甘く耳朶を震わす。

響きがいいエストラルの声は、初めて耳にしたときから何度もフィアンを魅了していたが、聞くたびに初めて聞いたときのように、うっとりとしてしまう。フィオーヌ王女の愛称だと偽って、フィアンという自分の本当の名前を呼んでもらうようになってからはなおさら、エストラルに名前を呼ばれると、頭の芯が恍惚《こうこつ》に痺れてしまい、フィアンはしばらく反応できなかった。

潤んだ瞳で動きを止めたままのフィアンに焦れたのだろう。エストラルはフィアンの頬を軽く叩いて、もう一度同じ言葉を繰り返した。

「おい、聞いているのか？　おまえから私にキスをしろと命じたんだ」

「え、あ、はい……でも、あ、あのぅ……なぜ？」

最初に言われたのが聞こえなかったわけじゃない。ただ、思っていたのとまったく違う命令だったから、あるいは自分に都合のいい幻聴を聞いたのかも知れないと疑って、本当の命令が出されるのを待っていたのだった。

――キス。キスって……つまり、キスよね？　わたしからって……どういうことかしら？

「なぜ？　おまえは罪を償うために私を楽しませることを了承したのだろう？　それならば考えるより先に命令を遂行するものではないか？」

早くしろと言わんばかりに、エストラルの指はフィアンの頬から顎のラインを撫でさすり、親指の腹で下唇をふるんと弾《はじ》いた。

「は、はい……では、その……し、失礼いたします……」

　そう言って、フィアンが顔を近づけると、エストラルが「ん」と唇を突きだすようにして、長い睫毛《まつげ》を俯《ふ》せた。

「ん……」

　唇を軽く押しつけるだけで、じん、と頭の芯が甘く痺れる。

　これまでフィアンは恋人のひとりもいなくて、街中でいちゃついている恋人たちが、なんでそんなにキスをしたがるのだろうと不思議に思っていた。

　でも、いまならわかる。軽く唇を触れ合わせるだけで気持ちが舞いあがって、体が蕩けてしまいそうだ。

　恥ずかしくてもどかしくて、どきどきする。

　フィアンとしてはほんのわずかな触れ合いだけで胸がいっぱいになり、これ以上どうしたらいいかわからなかった。しかし、

「おい、掠めただけじゃないか。もっと激しく、私がしたように舌を入れて、私を感じさせてみろ」

「え……ええっ!?　で、でも……」

「でも、という口答えはもう聞き飽きた。いいのか？　いつ私が気を変えて、おまえが私を謀った罪の負債をランス公国に求めるかわからないぞ？」

　呆れたような顔で、エストラルはフィアンの迷いを封じた。

——そう。これは恋人同士のキスじゃなくて、わたしの罪の贖《あがな》いなんだから……。

フィアンはエストラルの肩に手を置いて、勇気を振り絞り、また唇を寄せた。

——エストラルに何度かされたように……唇を食んで、舌を入れて……。

辿々《たどたど》しくも一生懸命に舌を動かすフィアンは、エストラルが蕩けそうな笑みを浮かべて自分を見ていることに気づく余裕すらない。

「んっ、んんぅ……んっ、ンむぅ⁉」

舌で舌を絡めようと動かしていると、急にエストラルの舌に舌下を撫でられて、ぞくんと腰が揺れた。

誰のものともつかない唾液が唇の端から零れて、胸がせわしく上下する。

「……っは、ぁ……あ……も、ぉ……むり、です……」

やっと解放されたフィアンの舌は痺れて、うまく呂律《ろれつ》が回らないほどだった。

「ふふ……まぁ、いいだろう。おまえの下手な舌遣いも悪くなかったぞ……それに、キスだけでもまた感じていたようだな」

エストラルはいじわるな声を出すと、フィアンの下肢の狭間に手を伸ばした。

「ひゃうっ……あぁ……やぁ、あっ、あぁんっ」

嘘だと思いたかったけれど、エストラルの言うとおりだった。

体格がいいエストラルに跨がっているせいで、太股は大きく開いたままだ。濡れそぼった蜜壺を捏《こ》ねるように手を動かされると、あられもない喘ぎ声がひっきりなしに零れる。

「すごい……いやらしい顔でかわいい胸を揺らして……こんなの、食べずにいられるわけがない……フィアン」

ちゅ、と胸を吸いあげるように唇を落とされて、その濡れた唇を肌に感じるだけでも、ぞわりと得体が知れないほどの愉悦が背筋を走る。

フィアンの息が乱れて、腰が揺れるのを抑えられなくなっていると、硬いものが下から貫いてきた。

「ふ、あぁ……おお、き……あぁんっ……嘘……あぁぅっ」

さっきから疼かされていたせいか、濡れた空隙を埋められて、体の芯が悦《よろこ》んでいるのをフィアンは感じた。けれども、快楽と同時に胃が迫《せ》りあがるような異物感も感じて、苦しい息を吐く。

「大きいなどと……フィアンが私を弄《もてあそ》ぶから、こんなになったんじゃないか。自業自得だ。帝国の皇太子を弄ぶかわいい悪女には、こうしてくれる」

わけがわからないことを言って、エストラルはフィアンの膣道の奥をさらに押し開くようにして、ぐりと擦りあげた。

「ふぁっ、あぁん……やぁ、あっ、あっ……ダメぇ、動いちゃ……あ、ふん……あぁんっ」

華奢な腰を持ちあげて、また落としてという人ひとりの体重を上下させる動きは、片手で軽々とフィアンを抱きあげるエストラルにしてみれば、大したことはないらしい。

角度を変えて奥を突かれるたびに、いままで知らない性感帯を突かれて、きゅうきゅうと膣道が収縮する。

「んぁあっ、は、ぁあ……あっあっ……ふぁ、ぁぁんっ」

突きあげられるたびに胸を揺らすフィアンは、壊れたように鼻にかかった嬌声をあげた。

「ほら、フィアン……いい声で啼いて私を楽しませろ」

快楽に侵されて、理性が吹き飛んだ頭に、エストラルの人を従わせる声が響く。

「気持ちよくイっていいぞ……淫らでかわいいフィアン。おまえはもう、私のものだ……忘れるな？」

愉悦に背を仰け反らせていたところに抽送を速められて、快楽の波が襲いかかってくる。びくんびくんと痙攣したように体が跳ねて、フィアンはなすすべもなかった。

——わたし、本当にこんなに淫らなことを……。

自分の身に起きていることがいまも信じられない。

なのに、与えられた快楽を体は喜んで貪り、真っ白な恍惚に呑みこまれていった。

第六章　記者会見はもう遠慮いたします！

――話は少し前に遡《さかのぼ》る。

宿屋にひとり残されたエストラルは、それでもまだ浮かれた気分でいた。

自分の新妻が無断外泊を怒って先に帰ってしまったのは、王女としての気位を考えれば無理もないことで、それでも甘やかな時間を過ごしたあとでは、怒る新妻の機嫌とりすら楽しめる気がしていたのだ。

しかし、その浮かれた気分はランス公国の城に戻ってすぐに吹き飛んだ。

アフタヌーンティーの時間に、高位貴族だけの集まりがあるからと参加させられたときのことだ。

朝には自分の腕のなかにいたはずの王女と再会したエストラルは、けれども彼女と挨拶をしただけで、目の前が捻《ねじ》れるような違和感を覚えた。

「ごきげんよう、エストラル皇太子殿下。ランス公国での滞在を楽しんでいただけてますか？」

フィオーヌ王女の挨拶は、宗主国の皇太子に対するそれだ。間違っても結婚をすませた配偶者に対するものではない。ましてや、甘い情交をした翌日の挨拶とはとうてい思えないものだった。

「もちろん……楽しんでいる……パサージュのミステリーツアーももちろん」

思わず口走ってしまったのは、エストラルの頭のなかで警戒心が鎌首をもたげて消えなかったからだ。

フィオーヌがもし街で会ったフィオーヌなら、『ミステリーツアー』の意味を即座に理解して、わずかなりとも反応するはずだ。あの楽しい時間は、少なくともエストラルにはそれだけの重みがあった。

知らないものが聞けば、単に街を見学したように聞こえる言葉で、目の前にいるフィオーヌを試したかったのだ。

——私は馬鹿げたことをしている……街で会ったことは城では口にしないと約束したではないか。

そう思いながらも、心の奥底はざわざわと不安が渦巻いて、隣にいる王女の一挙手一投足を注視していた。

「パサージュのミステリーツアーですか？　殿下は面白いことをおっしゃるのですね」

そう言ってころころと鈴を転がすように笑う顔を見て、違和感が確信に変わった。

「……フィオーヌ。そういえば、私が具合が悪くて部屋で休んでいる間、君はどうしていた？」

聞かないほうがいいという理性の声がひっきりなしにしていた。

目の前にいるのはどう見ても自分の妻で、それは間違いないと思うのに、心のどこかが軋むように、違う違うと叫び続けている。

お茶を飲み、スコーンを口にしては、庭を眺めて談笑する紳士淑女の声を遠くに聞きながら、エストラルは自分の周りが急速に色彩を失っていくような脱力感に陥っていた。

「殿下がお休みになられている間ですか？　実はわたくしもこのところの疲労が重なり、殿下と同じように部屋で休んでおりましたの」

扇を広げて、フィオーヌ王女は口元を隠しながら噛んで含んだような言葉を口にする。

もし、『殿下と同じように』という言葉が、街で会ったことを指すのなら、エストラルが感じた違和感は杞憂《きゆう》にすぎないのだろう。

しかし、それでもなにかが違うと確信を抱いたエストラルは、目の前にいる王女が自分が抱いた娘とは別人なのだという疑いが、もう消せなかった。

「そうか……そうだな。結婚式というのは思っていたより疲れるものだな」

相槌《あいづち》を打つように返事をするエストラルの頭の芯は、なにかが弾け飛んだように痛んで、急に気分が悪くなってきた。

「悪いが……フィオーヌ。まだ疲労が抜けないみたいで眩暈がしてきた……すまないが、これで失礼させてもらう」

「大丈夫ですか、殿下。人を呼びましょうか？」

有無を言わせぬエストラルの言葉に、フィオーヌ王女は表情ひとつ変えない。

——コノ女ハ誰ダ？

頭のなかで警戒のアラームがひっきりなしに明滅する。

エストラルは身を翻して、声をかけてくる貴族たちを適当にあしらいながらその場を離れると、控えていた従者を呼び寄せた。

「オルエン、昨日、王女は本当に城にいたのかどうか、至急調べてくれ」

「王女殿下……ですか？　今朝までご一緒だったのでは？」

城に戻ってきてすぐに、浮かれたのろけを聞かされていたオルエンは、うんざりした声をあげる。

「わからん……単なる私の気のせいかもしれない。しかし……どうにも気になる」

もし今朝までいっしょにいた娘が、感情を押し隠したいまの顔を見せたのだとすれば、大した役者だと思う。

しかし、記者会見で会ったときから、フィオーヌはいつもほんのちょっとしたことでも素直に感情が面《おもて》に現れていた。

それはいま考えれば、王女としては素直すぎるほどだ。

「オルエン……おまえ、さっきの王女の話を聞いていたか？　おまえは以前にも王女と会っていたはずだな。以前に会った王女は感情を押し隠すのが上手だったか？」

城のなかの棟と棟を結ぶ廊下はロングギャラリーとなっており、いまは人気がなくて、誰にも聞かれたくない話をするのにちょうどいい。

エストラルはオルエンと肩を並べて歩きながら、考えごとをするときの神妙な顔つきになっていた。

「え？　まさか……お話ししたと思いますけど、王女殿下は表情豊かに笑われる方でしたよ。そこがかわいらしいんじゃないですか。失敗したという顔をしたあとで、はっと我に返って取り繕うように澄ました顔になるところなんて、何度見ても飽きないくらいで」

「それだ。私が会ったのはおまえの話のとおりの王女だった。だが……そうだ。報告書に書かれていたのは、まったく違う人物だった……」

エストラルは頭を抱えながら、以前に読んだ王女の報告書の内容を思い出そうとした。

――『フィオーヌ王女は王の優秀な補佐役で、近代化の旗振り役。鉄道の敷設を支持し、表に出さずに帝国との交渉をさせていた模様。冷静沈着な人物と思われる。我が儘を押し通して周りを困らせる向きもあるようだが、父王の溺愛により、たいていの無茶は許されているようだ』

「冷静沈着な人物と思われる……か。いま会っていた王女は私の問いかけに動揺ひとつ見せなかった……ああ、そうだ」

思い返してみれば、初夜が明けた朝もそうだった。

フィオーヌ王女を部屋に送り届け、エストラル自身も一度、体を綺麗にしようと部屋に帰った。そのあとでふたたび公的な場所でフィオーヌ王女と会ったとき、あまりにもそっけない態度を取られて、苦笑いするしかなかった。

——あのときは初夜での私の振る舞いに腹を立てているのかと思っていたが、もしそうではないとしたら……。

属国とはいえ、一国の王女を相手に、ありえない可能性を想像している。エストラルはそう気づいて、思わずぶるりと身を震わせた。

「そういえば、王女のほかに王位継承者はいないのかと、以前に頼まれていた件で、気になる報告が上がっていたんですよね……」

「気になる報告だと？　詳しく申せ……いや、まず部屋に戻ろう。誰に聞かれるかわからないからな」

前後に人がいないことは確認していたが、見えないところで見張られている可能性もある。

その点、エストラルが使っている客室は、自国から連れてきた護衛に見張らせており、ランス公国側の密偵を入れないようにしていた。

皇太子は足早にロングギャラリーを通り過ぎ、城の廊下から廊下へと渡り歩いて、客室棟に戻る。

お茶を頼んだ侍女が二重扉の向こうに下がったのを確認してから、エストラルはオルエンに報告書を持ってこさせた。

「王女を除くと、次の王位継承者がかなりの遠縁になるのは間違いありません。王女の母親は彼女が生まれてしばらくのちに亡くなっており、後添いも子どもが生まれていませんね」

「それで王女が大きくなってからは王女が王妃の役割も果たしてきたのか」

血統を重視するあまり、王族が高貴な令嬢を娶《めと》るのは、どこも同じだ。しかしその結果、子どもが生まれにくくなっていた。

妹がいるエストラルはまだいいほうで、ひとり娘ひとり息子ばかりだから、結婚相手探しに難儀するのだ。

流行病《はやりやまい》があればなおさら、虚弱な子どもは失われやすい。

遠方と話せる機械が発明され、蒸気機関車が走る世のなかになっても、できないことはたくさんある。

子どもをたくさん作り、成人まで育てることはその最たるものだ。

「皇族同士で骨肉の争いを繰り返した時代は遠くに過ぎ去りけり……か」

「そうですね……いまの皇帝も長子で争いがないまま皇太子につき、そのまま皇帝位を引き継いでますから……しかし」

エストラルの皮肉めいた呟きに相槌を打ったオルエンは表情を変えて、声を一段低くした。

まるで、口にすることで不吉を呼び寄せると信じているかのような振る舞いだ。

「しかし、なんだ?」

エストラルがあえて続きを促すと、オルエンは報告書に一度、視線を落としてから言葉を継いだ。

「どんなに新しい機械を受け入れる国でも、古くからの風習というのは、そう簡単に廃《すた》れないものなのかもしれません」

あまりにも大真面目に言うオルエンに、エストラルは呆れたように手のひらを仰向けて、鼻で笑い飛ばす。

「はっ、それは当然だ。風習も伝統もそんなに簡単になくなるくらいなら、そもそも皇族や王族が真っ先になくなっているだろうよ。オルエン、持って回った言い方はやめろ。つまり、なにが言いたい」

エストラルが苛立ちを滲ませると、さすがにこれ以上焦らしても仕方がないと思ったのだろう。オルエンは報告書をめくり、結論が書かれた最後の頁《ページ》をエストラルに差しだした。

「こちらをどうぞ」

紙片を受け取ったエストラルは報告書の内容にさっと視線を走らせると、唸《うな》るような声を出した。

「……なるほどな。古くからの風習か」

異国にあっても帝国の情報機関は機能している。だから突然の皇太子の指示にも調べがすぐについたのだ。自国の諜報《ちょうほう》機関の有能さに満足しながら、エストラルはしばし思案顔になった。

「皇太子殿下、どうか？」

「うん……よくやったぞ、オルエン。これで謎が解けた！　しかし、ということはもしかすると……おい、諜報が得意な護衛を呼べ」

気になることがあれば、すぐに調べたくなるのはエストラルの性分だ。

その皇太子の気性を反映して、帝国には近年、調査機関が充実しており、同行している護衛にも諜報員が多くいた。

属国での結婚式であっても、なにが起きるかはわからない。

実際に、エストラルは自分が抱いた娘の素性ひとつわからないのだから。

「いったい王女殿下をどうするおつもりですか？　もう大々的に結婚式を挙げてしまったのですよ」

突然、あちこちに指示を出しはじめるエストラルに、オルエンは慣れている。それでも、ここが本国ではないだけに、諜報員をあまり動かすとランス公国側に気づかれるのではと心配していた。

「確かにランス公国側の落ち度にすると、のちのち面倒だな……そこはわかった。別な手を考える」

目的を達するために手段を講じるのであって、エストラルにとって、自分の意志を変えるという選択肢は存在しない。

「はぁ……私は少しばかり、王女殿下が気の毒になってきましたよ……こんな大変な方に目をつけられて」

オルエンは言われたことを自分の手帳に書きつけながらため息を吐く。万が一にも手帳を奪われ、人に見られたら困るから、暗号めいた記号を並べただけの文字だ。

「気の毒とは、どの王女のことだ。それに、あの娘はオルエンが最初に目をつけたのではないか」

「確かにそうなんですけどね……皇太子殿下のしつこい気性を知らずに結婚したとしたら、王女殿下もこれから私と同じような苦労をなさるのかと思うと……」

はぁ、とわざとらしいため息を吐いて、オルエンは護衛を控えさせている部屋へ向かう。

「ふん、私と結婚したからには逃げられないと思い知らせてやるだけだ」

背後から聞こえてきた皇太子の独り言を、優秀な侍従は聞かなかったことにした。

† † †

――それが一昨日の話だった。

エストラルは諜報が得意な護衛に王女とその周囲を見張らせ、城の外に出るものがあればあとをつけるように指示を出した。

エストラルとの会話から、なにか勘づかれたと焦ったのだろう。

王女自ら街に出かけるという動きを見せてくれたことで、エストラルは自分の花嫁――王女にそっくりの娘の所在を突き止めることに成功したのだった。

一方で、そんなエストラルの企みを知らないフィアンは部屋にひとり残され、ソファに座ってまんじりともできないでいた。

エストラルに無理やり王城に連れてこられてから、一昼夜が経っている。

食事は昨夜と今朝の二回、エストラルの侍従が部屋に持ってきてくれたが、エストラル本人にはずっと会えないままだ。これから自分はどうなるのか、フィアンは不安で仕方がなかった。

唯一の出口である扉には当然のように鍵がかけられ、窓にもご丁寧に鎖と錠がかけてある。

フィアンの力で外に出るのは無理そうだとあきらめてはまた鍵を確認して、部屋のなかをうろつき回っていた。

「父さんもギャロン兄さんも大丈夫だったのかしら」

皇太子を騙した罪でフィアンが捕まったのだとしたら、その家族にも累が及ぶかもしれない。

エストラルはひとりでパブに入ってきたし、衛兵はいなかったが、自分がいなくなったあとのことはわからない。

自分のちょっとした願いを叶えたことで家族を巻き添えにしたことが申し訳なくて、フィアンの大きな瞳に涙が溢れた。

「やっぱりもっと早く身代わりなんてやめていればよかった……」

後悔しても仕方ないのだが、涙が頬を伝っては過去のことを思い出してしまう。

王女と二度目に会い、また身代わりを頼まれたとき。記者会見で花嫁の身代わりをしてほしいと言われたとき。結婚式に代わりに出たとき。

そのどの瞬間も、必死になって拒絶すれば、身代わりをやめられた気がしてならない。

――初夜を迎えたときだって……そう。

自分はフィオーヌ王女ではないと、のどのところまで出かかっていたのに、エストラルといるのが楽しくて、つい流されてしまった。

ランス公国のためとか、露見したらいろんな人に迷惑がかかるからと言い訳をしても、結局はそれだけじゃなかった。

フィアン自身がエストラルに会いたかったのだ。

その気持ちがいまの最悪な状況まで招いてしまった。

ふと、エストラルと出会ってからの身代わりを指折り数えてみて、フィアンは今日は結婚式を挙げてから何日目だろうと考えた。

――『どちらにしても、皇太子殿下は短い滞在です。その間に身代わりがばれなければいいのですから……大丈夫ですよ』

結婚式の日にメリーアンから言われたことを思い出して、はっと息を呑む。

「皇太子殿下はいつ帰国なさるのかしら？」

そのときに自分のことをどうするつもりだろう。それとも、王女にそっくりのフィアンをランス国王とフィオーヌ王女の前に突きだして、身代わりのことを糾弾するつもりだろうか。

ぐるぐると考えがまとまらずにいるうちに、十時の鐘の音が聞こえた。

王城の奥の閉め切った窓の部屋では大聖堂の鐘がよく聞こえないから、これは城の鐘楼の音だろう。

時間が確実に経っていることを知ると、どきりと鼓動が嫌な冷たさを伴って跳ねた。

「エストラル皇太子殿下が……帝国に帰国したら……」

もう二度と会うことはないだろう。

蒸気機関車を使えば、ランス公国から神聖ゴード帝国の帝都までは一日で着く距離だ。しかし、身代わりが知られたいまとなっては、ただの平民にすぎないフィアンがエストラルと会う手段はない。

はじめから、フィアンがエストラルに釣り合うはずがなかったのに、フィオーヌ王女の気紛《きまぐ》れのせいで出会ってしまい、やさしくされたのをいいことに好きになってしまった。

新妻となったフィオーヌ王女の代わりに愛されているだけだったのに。

――だって殿下があまりにも楽しそうに笑いかけてくださるから……わたし……。

それが自分に向けられている笑顔だと、錯覚してしまっていた。

ふぅ、と今日もう何度目かわからないため息を吐いたとき、カチリという鍵が開く音がした。

誰が来たのだろうと思うまもなく扉が開き、ばたばたと人が入ってくる。

確かオルエンという名の侍従と、侍女が三人。その手にはめいめい、ドレスに化粧箱らしきものを抱えている。

「急いでこの娘に淑女の支度をさせろ。終わったら、馬寄せまで連れてくるように……頼んだぞ」

「かしこまりました、オルエンさま」

オルエンはフィアンには一切説明せずにそれだけを侍女に命じると、自分はほかの用事があるのだろうか。足早に去っていく。

「さぁ、こちらの鏡台の前へどうぞ。お支度が遅れたら、オルエンさまだけじゃなく皇太子殿下にも怒られてしまいますから」

侍女のひとりがフィアンの腕をやさしくとり、鏡台のスツールに座らせた。

唐突にはじまったこの芝居になんの意味があるのかわからずに困惑していたフィアンは、侍女たちがフィアンに対してやけに丁寧に接していることに気づく余裕すらなかった。

† † †

馬車に乗ってフィアンが連れてこられたのは、同じ王城内の城門に近い位置にある迎賓館だ。賓客用の客室棟は警備の厳しい奥にあるため、馬車を使って移動してきたらしい。

最悪の事態を想像し、フィアンの胸は不安のあまり、ぎゅっと鷲摑みにされたかのように苦しくなった。

階段の踊り場に設《しつら》えられた大鏡に映るフィアンの姿は王女と見まがうほどだ。

白い長手袋に精緻な模様のレースが飾られた白いドレス。胸元に大きな宝石の首飾りが重たくデコルテで煌めき、亜麻色の髪の上には宝冠《ティアラ》が載っていた。

ドレスこそウェディングドレスほどの裾の長さはないが、以前に記者会見に出たときとよく似た格好をしている。

それだけでフィアンは胸が苦しくなり、この場に倒れてしまいそうだった。

もしやフィアンを人前に出して、ランス公国に身代わりのことを言い訳ができないように迫るつもりなのではないだろうか。

——そんなことになったら、わたしは王女殿下に顔向けができない……。

「あ、あの……オルエンさま。お願いです、わたしをこのまま見逃していただけませんか？　わたしがエストラル皇太子殿下を騙したことは事実です。でもそれは……王女殿下とはなんの関係もないのです」

フィアンはもっと早く逃げなければならなかったと自分の決断力のなさを恨みながら、オルエンに訴えた。

フィオーヌ王女付きのメリーアンもそうだが、皇太子の侍従をしているからにはこのオルエンという青年も貴族なのだろう。

育ちの良さそうな顔立ちに優雅な立ち姿をしている。

「無理です。貴女《あなた》を逃がしたとなったら、私がどんなお咎《とが》めを殿下から受けるか……想像もしたくありません」

「でも……エストラル皇太子殿下はもう神聖ゴード帝国に帰られるのでしょう？　それならもう、ランス公国で起きたことを忘れてくださるよう、お口添え願えませんか……どうか」

手袋をした手でオルエンの腕を掴み、フィアンはもう一度必死で頼んだ。すると、オルエンは困った顔になり、困惑を表すかのように黒髪をくしゃりと掻き混ぜる。

「ああ、もう……やっぱり、エストラル皇太子殿下にお話しするんじゃなかった……くそっ」

意味不明なことを口にしたかと思うと、オルエンは真面目な口調になって、フィアンに向き直る。

「どうか、あきらめてください。あの方はなにがなんでも自分のしたいことは実現させてしまう人なんですよ。それに、初めまして……ではなくて、以前にランス＝ランカム中央駅の落成式でお会いしましたね。覚えておいでですか？」

「え？」

言われてフィアンは初めて、オルエンという侍従の顔を正面から見た。

――ランス＝ランカム中央駅の落成式……確かに王女の代わりに出席したことが……。

記憶を探る目をして、フィアンが答えられないでいると、オルエンはそれを肯定の意味にとったのだろうか。手袋をしたフィアンの手の甲にさっと挨拶の口付けを落とした。

フィアンはオルエンの身分の高さを知らない。しかし、それが奇妙な振る舞いだということは理解できる。庶民で、しかも皇太子を騙していた罪人を淑女のように扱うはずがない。

しかし、オルエンはフィアンに腕を差しだし、まるで夜会にエスコートするかのように振る舞う。

「さぁ、行きましょう。エストラル皇太子殿下に怒られてしまいます」

そう言って連れてこられたのは、記者会見をするための大広間に面した控えの部屋だ。

迎賓館には何度か身代わりで来たから、部屋のだいたいの構造はわかっている。この扉のすぐ向こうに衝立《ついたて》があり、記者会見場で働くものたちが控えるための空間があるのだ。

黙ってとばかりに人差し指を唇に当てたオルエンが扉を開く。

大広間に入り、衝立の陰に身を寄せると、驚いたことにたくさんの人の声がした。

「皇太子殿下、帰国を引き延ばすご予定はないんですか？」

「ランス公国の印象は？　王女殿下との新婚生活はいかがでしたか？　二国の跡継ぎを早く儲けてほしいと両国民とも切望していると思いますが」

そんな質問が飛び交うのを聞いて、フィアンはようやく気がついた。ここは以前にフィアンも身代わりをした、正式な記者会見の場なのだ。

——皇太子殿下が帰国するときの、記者会見がはじまっているんだわ。

明日、帝国に向かう朝一番の蒸気機関車で、エストラルは帰ってしまう。

そう気づいたフィアンは衝立に身を隠しながら、わずかの間でいいから、その向こうをのぞいてエストラルの顔が見たいという衝動と戦っていた。

「新婚生活はともかく、子どもというのは授かりものだよ、君。もちろん、鋭意制作中であることは言うまでもないがね」

「まぁ、殿下ったら……人前でおっしゃることではなくてよ」

子作りをほのめかしたエストラルの冗談に、鈴を転がしたような声が窘《たしな》める。

よく聞き知ったフィオーヌ王女の声だ。王女本人までもがそこにいると知り、フィアンは目の前が真っ暗になった。

——わたしは、ここにいてはいけない……王女殿下の迷惑になってしまう。

発端が王女の我が儘であっても、対外的な場で自国の王女を貶《おとし》めるようなことは絶対にしたくない。

――今度こそ逃げなくては……！

フィアンは身を翻して、扉のノブに手を伸ばした。しかし、行く手をオルエンの体に塞がれてしまう。

エストラルも背が高いが、オルエンもフィアンより身長が高く、体格もいい。

細い腕に力を入れて押しのけようとしてもびくともしない。

「オルエンさま。お願いです……わたしは王女殿下に恥を搔かせるわけにはいかないのです」

「ですから、無理です。なにがどうあろうと、あなたにここにいていただきます。私はそう皇太子殿下から命じられているので……お願いですからおとなしくしていてください。失礼」

「ああっ」

オルエンはフィアンの手を摑むと、後ろ手にして手で押さえつけた。

力の差がある青年に捕まえられ、フィアンはますます退路がなくなったのを感じた。

衝立の後ろでひそかな攻防をしている間も記者会見は進み、帰国についての質問がふたたび飛び交っている。

記者の質問の中心はやはり、エストラルとフィオーヌ王女が離れて暮らすことで、たまに会うような夫婦生活で子どもができるのかという質問が繰り返されていた。

「もちろん、跡継ぎの件は憂慮すべきことだろう。なにせ、どこの皇族も王族も若い世代が少ない。わたしの結婚相手も下手をすれば二回りも上のご婦人になるところだったからね、この問題に関しては人一倍考えているつもりだよ」

エストラルの冗談交じりの言葉に、居並ぶ記者たちから笑いが起こる。

「ランス公国には跡継ぎの王女がひとりしかいないから、さぞ切実な問題だろう。もし王女がふたりいれば、ひとりは私と結婚し、ひとりは婿をとってこの国の王位を継ぐ……大団円のハッピーエンドになれるのに」

まるでよくできた芝居の台詞を聞いているかのようだ。誰もがエストラルという主役に目を惹きつけられ、一挙手一投足に注目している。

「もしもの話をしてもはじまらないのでは？　皇太子殿下」

苛立った声に聞き覚えがあり、フィアンはドキリとした。

幼馴染みの声を聞き間違えるはずがない。いま質問したのは間違いなくリーアムだ。

彼はパブからフィアンを連れ去ったのが、帝国の皇太子エストラルだと気づいたのだろう。なにか情報を探るために記者会見にやってきたに違いなかった。

「その若い記者の言うとおりだ。もしもの話はやめよう。実はわたしが結婚したのはここにいるフィオーヌ王女ではないのだ」

エストラルがそう告げたとたん、王女がどんな顔をしていたのか。

衝立のこちら側でオルエンに拘束されているフィアンには知る術がなかった。

ざわりと記者たちがどよめいたが、大きなものではない。おそらくさっきから何度もエストラルに笑わされていたせいで、冗談を言っていると思っているのだろう。

しかし、真実を知っているフィアンからすれば、エストラルの前置きは死刑宣告に等しかった。

――ああ、まさかこんな形で暴露されてしまうなんて……。

足下から血が抜かれていくような激しい脱力感に襲われ、体がふらりとよろめいた。

「おっと……大丈夫ですか？」

オルエンはフィアンの体を支えてはくれたものの、手を放してくれる気はないらしい。水を持ってくるように侍女に指示しているが、そんなものでこの眩暈が治まるとは思えなかった。

「あと少しで終わりますから、少しだけ我慢していてください」

そんな声をかけられたときも、なにがあと少しなのだろうと思ったぐらいで、オルエンに囚われている自分の無力さに打ちひしがれる気持ちをどうすることもできない。

「さぁ、参りましょう」

そう声をかけられて衝立の前に連れ出されたときも、フィアンは真っ青になって震えたまま、顔を上げられなかった。恐《こわ》くて、王女の顔が見られなかったのだ。

ざわっ、とフィアンの姿を見た記者たちが大きくどよめく。

「王女が……ふたり？」

「まさか。ランス公国の王女はひとりのはずだ」

「ではよく似たニセモノか？」

次から次へと口の端に上がる記者たちの疑問は、どうやら尽きることがないらしい。

結婚式を終えた皇太子が神聖ゴード帝国に帰国するという、ただそれだけの記者会見の予定だった。

まさかこんな予想外の事態が起こるとは誰も思わず、経験豊富な記者を寄越していない新聞社も多いのかもしれない。

若い記者たちは呆気にとられた顔で、王女にも皇太子にも質問できないままでいる。

その混乱のなかで立ちあがり、エストラルがフィアンの隣まできたのが、足下に近づく靴でわかった。

黒革の磨きこまれた靴は、エストラルの靴だ。

甘いオーデコロンがやわらかく香り、フィアンは胸が締めつけられる心地がした。

エストラルの手が俯いたままのフィアンの手を取り、胸に抱き寄せながら記者のほうへ一歩踏みだした。

「私が結婚し、誓いのキスをし、初夜を迎えた娘はこちらの王女だ。記者諸君。貴兄らは知らなかっただろうが、実は王女は双子だったのだ」

その言葉にフィアンははっと顔を上げる。

いったいエストラルがなにをはじめたのかはわからない。しかし、王女にしてみれば、これは不本意な展開のはずだ。

面を上げると自然と王女が視界に入り、彼女もまたフィアンをじっと見つめていることに気づいた。

――フィオーヌ王女殿下……。

いつものように感情が読めない微笑みを浮かべた王女は、沈黙のままにエストラルの台詞を聞いていた。その落ち着き払った表情は挑戦的にさえ見える。

「まさか……」

「しかし、よく似ているぞ」

ざわめきが収まらないなか、エストラルは半ば強引に話を進めた。

「知っているものもいると思うが、双子というのは国が滅ぶ凶兆とされ、忌《い》み嫌われてきた。これはおそらく、同じ年ごろ、同じ顔をした王族がふたりいることで、跡継ぎ争いが多く起きたためではないかと私は考える」

エストラルの人を従わせる力を持った声が、この場にいる人々の心に染み渡っていくに従い、大広間のざわめきが次第に収まっていく。

誰もがエストラルの響きのいい声が紡ぎだす話に聞きいっていた。

初めて会ったときも感心させられたが、さすがは大国の皇太子だ。人の心を掌握する術を心得ている。

「しかし、いまや王族の数は減り、跡継ぎ争いどころか、同じような年齢の娘と見合いをすることすら事欠く時代だ。古い風習は変えてもよかろうと思った。そうすれば、私は帝国に花嫁を連れて帰れて、毎晩、独り寝をせずにすむのだからな」

最後のほうをおどけて言ってのけたエストラルが、同意を求めるように記者たちにウィンクする。

すると、年配の記者から、「違いない」という声と笑いが起こった。

しかし、大広間の中が和やかになっていく一方で、エストラルにエスコートされている格好のフィアンの顔は青褪《あおざ》めている。

――おかしい。こんなの、ありえない。

王女やランス公国を糾弾するための弁舌ではない。

どういうわけか無理やり自分を花嫁に仕立てるために、エストラルがこの芝居をはじめたことに、フィアンはようやく気づいた。

「で、殿下……こ、困ります。わたしは……」

「フィアン、おまえは黙っていろ――ん」

口を開きかけたとたん、顎に手をかけられ、あっ、と思ったときにはフィアンの言葉は封じられていた。

人前でキスされるのは、もう何度目だろう。しかも、これはフィオーヌ王女とエストラルのキスではないのだ。

結婚したはずのフィオーヌ王女その人がいる前で、花婿がほかの女にキスをするなんて、ありえない事態だ。

大広間のなかは、フィオーヌ王女とエストラルを見比べて、しん、と静まりかえった。

「……フィアン、まさか」

呆然と呟く声がフィアンの耳に届く。リーアムのものだ。まさかと言いたいのはフィアンも同じだが、唇は塞がれたままで、どうすることもできなかった。

「んんぅ……んんんっ」

やけにキスが長い。息が苦しい。

早く放してくれと訴えるようにエストラルの胸を拳で打つと、パシャパシャ、という音を立てて、写真機のフラッシュが焚かれた。

はっと目の端で記者たちを見れば、黒い幕から顔を出したカメラマンが、慌てて次の原版を持ってくるように助手を怒鳴っていた。

メモにペンを走らせるもの、カメラマンに指示をするものの表情はやけに明るい。

どうやら、彼らはエストラルの言ったことをすっかり信じてしまったらしい。

——う、嘘……嘘だわ、こんなの……！

涙目になって誰か助けてと視線で訴えたけれど、フィアンの助け手は現れなかった。

集まっていた記者たちは、そのあとも質問したそうにしていたが、ひとまずこのスクープを記事にすることが優先だと思ったらしいひとりが走りだすと、あとに続くものが次から次へと現れ、記者会見の終わりを告げるまもなく、散会の態になってしまった。

すぐに機材を撤収できないカメラマンや、複数でやってきていたため残った数人の記者たちを前にして、

「これは号外が飛ぶように売れるだろうな」

企みを成功させたエストラルがうれしそうに笑ったのを、フィアンは眩暈がしそうな心地で聞いていた。

†　†　†

「ど、どういうことなのです、これは！　殿下は私を訴えるつもりじゃなかったのですか？」

記者会見を終えたフィアンは、王女と話をするまもなく、エストラルとともに客室棟に連れ戻された。

王女がいたのだから、当然のように記者会見の場にはメリーアンもネルラ女官長もいたはず

だ。真相を知っている彼女たちは、なぜこんな三文芝居をそのまま許したのだろう。

いくらエストラルには帝国の皇太子という威光があるとはいえ、ランス公国の面目は丸潰れだ。

故国をバカにされたも同然とあって、フィアンはエストラルを許せなかった。

部屋に連れこまれて、誰かに話を聞かれる心配がなくなるなり、不満を爆発させる。

しかし、体格差があるエストラルにしてみれば、フィアンが嚙みついたところで、みじんも怖くないのだろう。悪びれない様子で肩をすくめただけだった。

「なぜ、私が自分の花嫁を訴えなければならない？　私はただ、花嫁を帝国に連れて帰りたいだけだ――ああ、もちろん。一足先に帝国に帰った母上にもこのことは報告してある。きっと手ぐすね引いておまえの部屋を用意させているだろうから、なんの心配にも及ばない」

「な……な……」

フィアンに有無を言わせる隙をわずかなりとも与えない手腕に、苦情の声さえまともに出てこなかった。

「言いたいことがあるなら、王女に言うがいい。それともおまえの父親か？　ああ――本当の父親のほうだが」

言い直されて、フィアンの頭のなかにさっとデニスの顔がよぎる。

フィアンがエストラルに連れて行かれたのを知って、デニスはどうしただろう。城でのことは関わりないとばかりに、いまもパブで仕込みをしているのだろうか。

「父さんは……わたしの父さんはひとりです」

「それでもいいだろう。だが、結論は変わらない。私はおまえを花嫁として帝国に連れ帰ることにもう決めたのだ」

自分の意志を通すことを露ひとつも疑わない声だ。

傲慢なエストラルの声に、フィアンはむっと唇を尖らせた。

「わ、わたしは認めてません。エストラル皇太子殿下と結婚なさったのはフィオーヌ王女殿下で、わたしはただ街で偶然会った殿下を騙しただけで――」

「いい加減、観念しろ……フィアン」

低い声で名前を呼ばれて、ドキリと心臓が跳ねる。

非難するような声ではない。どこかしら甘い、やさしさを孕んだ声だった。

「違う。フィオーヌ王女ではなくておまえだ、フィアン。私にはわかった。私が結婚して誓いのキスをして、その夜抱いた花嫁はおまえだった」

きっぱりと言い渡され、フィアンは言葉に詰まる。

目の前に、高い場所から降り注ぐ光と、荘厳な大聖堂の祭壇がよみがえり、キスをした瞬間の、祝福の鐘が高らかに響いた。そんな気がした。

なのに、フィアンの心がやっぱりこれはダメだというのだ。フィオーヌ王女を裏切れないと。

「あ……わたし……違います。わたしはただの町娘で皇太子殿下と結婚できるような身分ではありません。で、殿下が私を王女殿下と間違えたのをいいことに、ただ面白がって、殿下を騙しただけで……」

言葉を続けるうちに、大きな青い瞳に涙が溢れてきた。

ぽろぽろと大粒の涙がまなじりから溢れては、頬を伝って零れ落ちる。

やさしい声で名前を呼ばれたら、もうダメだった。次から次へと涙が零れて、言葉にならない。のどを詰まらせたフィアンを、エストラルはそっと胸に抱き寄せた。

「フィアン・エリウッド――先日も聞いたが、それがおまえの名前で間違いないな?」

問われてフィアンは小さくうなずく。

なにもかも知られていたのだという足下から崩れるような絶望を感じているのに、心の片隅では、ひっそりと安堵していた。喜んでもいた。

――もう、王女殿下の身代わりをしなくていいんだ……。

いまエストラルが抱いているのは、フィオーヌ王女の振りをした娘ではなく、紛れもなくフィアン自身なのだ。

王女の身代わりをしたすべてが辛かったわけではない。ただ、ただの町娘に過ぎないフィアンには緊張の連続で、いつ失敗するかと思うと気が気でなかったのも事実だ。

それに正直に言えば、エストラルがフィオーヌ王女と自分は違うと気づいてくれてうれしかった。

エストラルの言うとおり、エストラルと結婚式を挙げ、誓いのキスをして、初夜に抱かれたのはフィアンだ。

王女から用済みだと言われ、もう二度とエストラルとは会えないのだと思っていたら、街で偶然出会った。そのとき王女の振りをしていなかったフィアンに、エストラルは気づいてくれたのだ。

フィアンの頭に乗っていた宝冠を取ったエストラルは、手近のボードにことりと音を立てて置いた。

髪留めを外して、フィアンの亜麻色の髪を広げると、大きな手が頭を撫でてくれる。

その手の慰めをフィアンが受け入れたのを、エストラルは了承の意味だと受け止めたらしい。顎に手をかけて、フィアンの顔を上向けさせたエストラルは、背が高い体を傾けて唇を寄せた。

軽く触れるだけのキスが紅を引いた可憐な唇に押しつけられ、すぐに離れる。

まるでフィアンを慈しむようなキスだった。

情交のときの、激しく貪るようなキスとは違い、エストラルがフィアンを大切にしてくれているとわかる、愛情のキス。

「フィアン、おまえを愛している……いっしょに暮らそう。おまえがこの国を、自分が暮らすパサージュを愛していることはわかった。それでも、私と結婚して、帝国で暮らしてくれ」

いつもは強引に事を進めるエストラルが、珍しく懇願するように言って、フィアンの手のひらに口付けた。

淑女に対する懇願のキスだ。

フィオーヌ王女に命じられて礼儀作法を覚えさせられたときに、男性が手にキスをする作法についても聞かされていた。

手の甲のキスは挨拶のキス。手のひらにされれば、その懇願に真剣に答えなければならない。唇に受けるキスとは別に、手のひらにエストラルの唇を感じたとたん、フィアンはぞわりと背筋がおののくのを感じた。

エストラルの想《おも》いに答えたい。そんな気持ちもフィアンのなかには芽生えはじめていた。

けれども、ことはそんなに簡単ではない。フィアンだけの感情でうなずくわけにはいかないと、首を振った。

「殿下……お気持ちは大変うれしいのですが、ランス公国の国王陛下も王女殿下も許してくれるわけがありません。私が王女と双子だなどと……あのような嘘をなぜ記者の前で吐かれたのですか?」

王と王女とを交えての密室で言われるのならまだしも、記者会見の席で口にすると、嘘でももっともらしく聞こえてしまう。エストラルがなんでそんな暴挙に出たのか、フィアンには理解できないでいる。

「先に公表してしまえば、否定できないではないか……フィアン」

「わわっ、ちょっと……殿下なにを！」

唐突にエストラルの視線より高く抱きあげられ、フィアンはうわずった声をあげた。

フィアンの慌て振りがそんなにうれしいのか、エストラルは蕩けそうな顔をして、自分が抱きあげるフィアンを見上げている。

「私の気持ちがうれしいと言ったな？　おまえも私のことが好きなのだろう？　素直に申してみよ……ん？」

くるくると、抱きあげたままダンスを踊るように部屋のなかで回られ、フィアンはさらに慌てた。足が宙に浮いたまま体を振り回され、少しだけ怖い。

「わっ、わっ、待ってください。殿下……もう、お、下ろしてください！」

「フィアンが私を好きだと言ったら、下ろしてやる」

「そ、それじゃ脅迫じゃないですか！」

まるで子どもの我が儘を聞かされているみたいだ。

なのに早くしろとばかりに期待に満ちた瞳で見つめられて、できないとは言えない雰囲気だ。

「……そのぅ……はい。わ、わたしも……殿下のことをお慕い申しあげています」

「エストラル。殿下というのはやめろと何回言ったらわかるんだ。名前で呼べ」

勇気を出して告白したのに、それはあっさりと流されてしまった。正直に言えば、少しだけ悲しい。けれども、エストラルとの短いつきあいから、フィアンもようやく彼の性格を理解してきた。

侍従のオルエンが言っていたとおりだ。

『あの方はなにがなんでも自分のしたいことは実現させてしまう人なんですよ』

そう言われたときは、たとえば鉄道の敷設のように国を豊かにするために尽力するようなことを指しているのかと思っていた。でも違うのだ。ことの大小は関係ない。ともかくエストラルがしたいと思ったことは、権力と企みと金とお強請《ねだ》りと――ともかくありとあらゆる手を使って実現させるということなのだろう。

――本当に名前を呼ぶまで、床に下ろしてもらえそうにない。

ぶらぶらしている足が心許なくて、フィアンは覚悟を決めた。ごくりと生唾を呑みこんで、翠玉のような瞳と視線を絡める。

「エストラル……わたしもあなたのことが……好きです」

エストラルといると楽しくて心が浮き立つようで、それでいて胸が温かくなる。もっといっしょにいられたらいいなと、フィアン自身、思ってもいる。

面と向かって口にすると、思っていた以上に恥ずかしくて、フィアンは真っ赤になって震えていた。

「い、言いましたから、早く下ろしてください。殿下……わわっ」

　このままでは俯いてエストラルの視線から逃れることも難しい。困惑する気持ちを落ち着かせたくて、フィアンはエストラルの腕のなかで萎《しお》れた花のように項垂《うなだ》れていた。なのに、エストラルはフィアンを床に下ろしてくれるどころか、胸にぎゅっと抱きしめた。

「やっとおまえの気持ちが聞けたな……また殿下と呼んだのは今日のところは許してやる。おまえは私のかわいい新妻なのだから、このぐらいは大目に見てやらないとな」

「ですから、わたしは新妻ではないと言っているじゃありませんか！」

　フィアンの苦情はさっきから無視されてばかりだ。いい加減にしてほしい。

「おまえのほうこそ、なぜわたしの言ったことを嘘だと決めつけるのだ。おまえは、なぜ自分とフィオーヌ王女がこんなに似ているのか考えたことはあるのか？　どういう経緯で王女の身代わりをはじめたのだ？」

「え？」

　――なぜわたしとフィオーヌ王女がこんなに似ているのか？

　エストラルの言葉を頭のなかで反芻する。

「でも、ランス公国では亜麻色の髪も青い瞳もありふれてますし……最初はネルラ女官長が年や背格好が同じだからといって、身代わりをお願いされて……」

　エストラルの言葉の意図を計りかねて、フィアンは自分の髪を一房抓んで首を傾げる。

「おまえの母親は城勤めをしていた。王妃がフィオーヌ王女を生んだころに勤めをやめた。それは事実だ……おまえの母親も王妃ももういないが、おまえの父親は真実を知っているのではないか？」

デニスのことを持ち出されると、どきりとする。

父親はなにか知っているからこそ、フィアンが王女の身代わりをすることを許してくれたのではないか。ふと、そんな考えが頭をよぎった。

「城にも事情を知っているものがいるはずだ……たとえば、おまえの言う女官長だ」

「あ……そ、それは」

これまでフィアンは、なぜネルラ女官長が母親の知り合いなのかと言うことを考えたことがなかった。母親亡きあと、子どものころから面倒を見てくれていた人だし、そういうものだと思っていたのだ。

——でもわたし、王様なんて知らない……わたしは父さんの子だもの。

これ以上は聞きたくない。真実なんて知らない。

フィアンはエストラルの腕のなかで、ふるふると首を振った。

「もう……いいです。殿下……おやめください……」

父親のことを考えると涙が溢れてくる。

デニスやギャロンに慈しまれてフィアンは育った。でも、エストラルの言うことを信じれば、フィアンはそのふたりとはなんの血の繋がりもないことになり、それを認めるのは恐い。

「……ふ、ぅ……だって父さんもギャロン兄さんも、わたしの家族だもの……くっ、わたしから、家族を奪わないで……」

「フィアン……そうか、おまえは……ああ、私が悪かった。だが、おまえを帝国に連れて帰るのは変わりない。いまごろ、早刷りの新聞が公都の街角で売られているはずだろう」

エストラルの口振りから、彼がなにか企みを指示していたことをフィアンは感じた。

「新聞を通じて広く知らしめれば、王女が双子だということが国民にとっての真実になる。本当のことは……知らなくても」

エストラルはオルエンに指示を出し、先に記事を用意させておいて、記者会見のあと新聞を配る手はずを整えさせていたのだが、もちろんフィアンは知る由もない。

「私はおまえをしあわせにするし、ときには里帰りも許してやる。王と王女はさておき、属国の貴族どもには有無を言わせないからな……それに、おまえが嫁いでくれれば、この国にはフィオーヌ王女が残る」

「そう……ですね……王女殿下はこの国の後継ぎですから……」

エストラルの言わんとしていることが、フィアンにもなんとなくわかった。

フィオーヌ王女はランス公国にとって、必要なのだ。

美しく可憐な見かけではなく、冷静でときには残酷にもなれる為政者の才覚を持った王女が。

「おまえがうなずいてくれれば、それで四方が丸く収まるのだ。あとに付随する厄介事はすべて私が引き受けてやる。だから、おまえは私の元に身ひとつで来い」

「う……そ、そんな言い方されると……ずるいです……」

ほかの人に言われたのだったら、口だけの約束で終わると思っただろう。しかし、これまでも口にしたことはすべて有言実行してきたエストラルが言うと洒落《しゃれ》にならない。住む世界が違う人なのに、その境界線を軽々と飛び越えて、フィアンの心を動かしてしまう。

——ああ、もう……。

全面降伏するしかなかった。

「はい……殿下……はい」

囁くような声で答えて、フィアンはエストラルの首に抱きついた。

「ほら、やっぱり……おまえは私のものになる運命だったんだ」

エストラルの勝ち誇った声は、それでもわずかに震えている。

逞しい腕にぎゅっと抱きしめられながら、フィアンはエストラルの胸の鼓動をいつまでも聞いていた。

第七章　それはよくある素敵なお伽噺《とぎばなし》の結末

不遇だった娘が王子さまと出会い、恋に落ちて結ばれるまでがお伽噺の定番だとしても、現実はそれだけでは終わらない。

翌日帰るというエストラルの予定に合わせるため、フィアンは突然の忙しさに襲われた。

「フィアン！　おまえ無事だったのか⁉　リーアムがおまえが王女だって記事と写真を持ってきたんだが……どういうことだ⁉」

家に戻ったとたん、兄のギャロンが矢継ぎ早の質問をしてきた。

断片の情報だけ聞かされて、ギャロンが混乱したのも無理もない。カウンターの扉を押し開いて、奥からデニスが驚いた顔を出す。

デニスの顔には、戻ってくるとは思わなかったと書いてあった。

エストラルの言うとおり、多分、父親のデニスは、いつかこの日が来ることを知っていたのだ。

「その……わたし……父さん」

なにを言えばいいのか、エストラルといっしょに行くことを決めたのに、フィアンのなかにはそれをうまく父親に告げる言葉がなかった。

先に口を開いたのは、デニスのほうだ。

「その方と行くのか、フィアン」

短い言葉で問われて、フィアンは声もなくうなずく。それだけのやりとりで、なぜか涙が溢れてくる。

その方とはもちろん、エストラルのことだ。デニスに会いたいからと、フィアンといっしょにエストラルもついてきていた。

肩にそのエストラルの手の温かみを感じていなかったら、うなずく勇気すら持てなかったかもしれない。

「デニス・エリウッドさん。あなたの娘さんは私がもらい受けます。実を言えば、もうなぜか結婚式を挙げてしまったのですが」

「そうか……壮麗な結婚式だったからな」

フィアンが王女の身代わりをしていたことを知る父親は、結婚式の当日にフィアンが呼び出されていた事実から、うすうす感づいていたのだろう。

記者会見と結婚式に出ていたのは、フィオーヌ王女ではなくフィアンなのだと。

「フィアンが王女なのか？」

「いや、皇太子殿下と結婚したのは王女じゃなく、フィアンなんだとよ」

パブにいた客は突然はじまった親子の深刻そうな会話と、ちまたで騒がれだした王女が双子だという噂をつき合わせて、疑問をざわざわと口にする。

不安と疑問とが渾然一体《こんぜんいったい》となったざわめきは、どこか不穏な空気を孕んでもいる。なのに、

「よぉし！　みんな今日はパブ・デニスの看板娘、フィアンの結婚を祝して無礼講だ！　お代はすべて俺が持つから、店にあるものをすべて食い尽くすまで、好きなだけ呑んで食べるがいい！」

エストラルの響きのいい声が天井の換気扇を回すかの如き勢いで張りあげられると、わぁっという歓声があがった。

「ほら、ビールだビール！　お祝いごとなんだから、ちびちび呑んでいたってはじまらないだろう？」

そんな声とともに、皇太子手ずからビヤ樽《だる》の栓を開けてビールを注ぎはじめ、カウンターにやってきた客に振る舞いはじめた。

眉間に皺を寄せて座っていたリーアムにまで「悪いな。フィアンはもらっていくぞ」なんて言いながら、ビールを無理やり飲ませている。

「で、殿下ってば……」

フィアンが敵わないと思うのは、こういうところだ。

エストラルはいつも強引で周囲を自分のしたいことに巻きこむけれど、そばにいると自然と笑みが零れてしまう。

——ああ、だからきっと……うん、大丈夫。

唐突にフィアンは、異国に行ったあとのことに漠然と不安を感じていることに気づいた。でも、それは誰と結婚しても同じなのだ。幼馴染みのリーアムとなら、結婚してもこれまでとさして変わりない生活をしていたかもしれないが、ほかの人と結婚したら、やはり同じような不安を抱えたに違いない。

——でも、殿下がそばにいてくださったら、きっと平気。

兄のギャロンにも黒ビールをなみなみと注いだグラスを差し出すエストラルを見て、フィアンは彼についていこうと決めたのだった。

† † †

限られた時間しかないというのに、話をしなければならない人は、父親と兄以外にもいた。

メリーアンとネルラ女官長、それにフィオーヌ王女だ。

城に戻ったフィアンはエストラルと別れて、王女の部屋へ向かった。

エストラルはついて行きたがったが、どうしても王女とはふたりだけで話したかったのだ。

王女の部屋に通されると、蔦模様《つた》が施された螺旋《らせん》の階段を白いドレスを着た王女がゆっくりと下りてくる。

その姿は、何度見てもフィアンとそっくりだ。双子だと言われて、ようやくその相似が腑に落ちた。

王女に対して抱く、不思議などの心の近さは、親しい知り合いに対して抱く親近感を超えて、フィアンに迫る。

これは双子ならではの縁というものなのかもしれないと、フィアンは初めて気づいた。

「来たわね……結局、身代わりもなにもかも台無し。せいぜい、帝国でランス公国の王女の名を貶めないように頑張ってちょうだい」

国王からの言葉はなかった。

エストラルも言っていたが、もし、本当にフィアンがフィオーヌ王女と双子だったとしても、国王はもしかしたら本当に知らないのかもしれなかった。

双子が生まれたこと自体を隠すために、王妃が女官長や身近な侍女と示し合わせて、すぐにフィアンを城から出したのかもしれないからだ。

王女は手袋をとり、手のひらをフィアンの手に合わせ、初めて会ったときのように向かい合わせになって、視線を正面から合わせた。

まるで、繋がった手を挟んで鏡のなかの自分と見つめ合っているみたいだ。

「わたくしとこんなにそっくりで、化粧をしてドレスを着せてしまえば誰にも見分けがつかないくらいなのに、おまえとわたくしは違うと、あの皇太子は気づいたのね」

静かな声で話された王女の言葉に、どきりとさせられる。

「いつか誰かがフィアンがわたくしと違うことを指摘してくれるかと期待したけど、無駄だったわ。お父さまでさえ」

「フィオーヌ王女殿下……」

王女の青い瞳をのぞきこむと、それは深い湖の底のような色をしているように見えた。

静かで誰もいなくて、遠い空に憧れても届かないと諦念を秘めた瞳だ。

「おまえからの哀れみはいらないわ。それに、わたくしは別にあの皇太子が好きなわけではないもの。宗主国からの結婚の申し入れでは断れないし、せいぜい、この国を守る後ろ盾となることを期待していたぐらいよ。だから、おまえはあの男としあわせになっていいわ」

王女はそれだけを言うと、さっと身を翻し、手袋をした手で長いドレスの裾をたくしあげながら去ろうとする。

「王女殿下、でもわたしはあの……王女殿下とお目にかかれて、うれしかったです」

初めて王女と会い、自分にそっくりな顔を見たときの、あの不思議な気持ちをフィアンは一生忘れることはないだろう。

立ち去ろうとする背に声をかけたフィアンに対して、王女は振り向かないまま、もう行きなさいと手を振る。

その背中にフィアンはまた声をかけた。

「あの、わたし、帝国から王女殿下に手紙を書いていいですか……いえ、書きますから！」

エストラルを見習うように言い切ると、肩越しにわずかに振り返った王女は、紅を引いた唇を弧の形にして、わずかに微笑んでいた。

王女もまた母親を早くに亡くした淋《さび》しい人だった。

でも、もし本当にフィアンとフィオーヌ王女が双子の姉妹でも、フィアンにとって自分と同じ顔の別人はフィオーヌ王女だけだ。フィアンだけはいつでも王女を見間違えるわけがないし、彼女の本当の心をわかってあげられる。

——いつか王女殿下にも、王女殿下のことだけを愛してくださる人が現れますように。

フィアンは手を合わせて、そう祈らずにはいられなかった。

† † †

ネルラ女官長はフィアンの前に現れなかった。

メリーアンが言うには、ランス国王に呼ばれているという話だったが、フィアンは静かにうなずいた。

多分、女官長はすべてを知っていたのだ。

だから、王女が公務から逃げだしたとき、フィアンを身代わりにしようという案を考えてしまったのだろう。

「まさかフィアンが王女殿下と双子だったなんて……でも、そのほうがいいわ。だって、本当にフィアンはフィオーヌ王女殿下とそっくりなんですもの。性格以外は！」

あいかわらず、メリーアンは明るくて、話していると幾分気持ちが慰められた。

きっと王女もメリーアンのそんな性格に触れているうちに、またいつもの、ちょっと我が儘で、嫌いな公務をサボりがちで、でもなぜか有能な王女に戻るのだろう。

「でも、フィアンがいなくなってしまったら、王女殿下は公務をもっといっぱいサボっていることになってしまうわね？」

いかにもそれは困るというように眉間に皺を寄せたメリーアンの顔を見て、フィアンは思わず笑ってしまった。

† † †

翌朝、王女からの贈り物だと言ってメリーアンが部屋にやってきて、フィアンに外出用のしっかりとした生地のデイドレスを着せた。

前開きのスカートにフリルがふんだんについたペチコートを見せて、ブラウスの上には肩の膨らんだボレロを纏う。

頭には布の花飾りのついたボンネットを被された。頭を全面的に覆って顎で大きなリボンを結ぶ型の帽子だ。

フィアンの持ち物はそんなに多くなくて、しかも服は帝国ですべて用意すると言われると、小さなトランクに詰めるものはそう多くなかった。

使い慣れた手帳や店番をしていたときのお気に入りのエプロン。

そんなものだけを手にして、フィアンは帝国に嫁ぐ。

記者たちが来るだろうからと、デニスもギャロンも顔を出してくれなくて淋しかったが、エストラルが頬にちゅっとキスをして慰めてくれた。

「帝都からランス=ランカムまでは汽車で一日の距離だ。またすぐに帰ってくればいい……ときには、私もパサージュのミステリーツアーに参加したいからな」

そんなふうに言って、今度は頬ではなく、フィアンの唇を軽く啄んだ。

発射ベルが鳴り、汽車が黒い煙を吐いて走りだすと、車掌に案内され、ふたりは特等客室に向かった。

荷物は従者が運んでくれていたから、フィアンが手にしているのはメリーアンを通して王女から渡されたフリル付きのパラソルくらいだ。

特等客室は客車の半分以上を占めており、汽車のなかだというのに部屋はゆったりとしており、スプリングの効いた座席だけでなく、寝具まであった。

「オルエン、おまえは向こうの部屋だ」

エストラルのたくさんの荷物を座席や寝具の下に入れていた従者がいなくなると、最後まで残っていた侍従のオルエンにわざわざ切符を渡した。

「はいはい、短い旅ですが、どうぞごゆっくり。フィアンさまも」

「は、はい！」

自分より身分が高いと思っていた人から敬称をつけて名前を呼ばれるのはいまだに慣れない。

フィアンが飛びあがったのを見てオルエンはくすりと笑って足を止めたけれど、エストラルが睨んでいるからだろう。すぐにそそくさと部屋を出ていってしまった。

「あ、あの……オルエンさまはこちらの部屋で過ごされるのではないのですか？　ここは広くてたくさん人がいても余裕がありますし……」

ボンネットのリボンを解き、ローテーブルに置いたフィアンは落ち着かない心地でソファに腰掛けた。

フィアンはランス公国の外に出たことはないし、汽車に乗るのは初めてだ。

人から話には聞いていたものの、鉄の塊がこんなにも早く走れるものなのかと、車窓を流れる牧草地を眺めては唖然としてしまう。

「オルエンは別室もとってやったから、この部屋には戻ってこない。帝都に戻るまでひとりでせいせいとしているだろうよ」

「はぁ……そう、なのですか。オルエンさまは殿下の侍従なので、四六時中いっしょにいるものだと思っておりました」

エストラルはフィアンの隣にどっかりと座り、まるで呼吸をするように肩に手を回してくる。その距離がやけに近い。

「あ、あの……殿下。ここに座りたいのでしたら、わたしは向こうのスツールに行きますから」

「おまえがスツールに行ったらなんの意味もないではないか。なぜ、私がわざわざオルエンをほかの部屋にやったと思う？」

そんな声をかけながら、エストラルの指先はフィアンの顎に伸びて、いとおしそうにくすぐる。

「なぜって……オルエンさまを休ませてさしあげるためでは？　ランス公国に来てずっと殿下のお世話をしてらしたのでしたら、そろそろお疲れのころでしょう？　殿下のお気遣いにきっと感謝しているのではないでしょうか」

「フィアン、オルエンの話はもういい。それと、人前ならともかく、ふたりきりのときは殿下はなしだ……ん」

鼻先に端整な顔が近づいたかと思うと、睫毛を俯せるまもなく、口付けられた。

押しつけるだけのキスがわずかに離れて、また角度を変えて触れる。

「んんっ、ンン、ぅ……」

いつのまにか薄く開いた唇からエストラルの舌の侵入を許していて、柔らかい触手のような感触にぞくんと背筋が震えた。

エストラルが覆い被さってくると、その体格差に負けるように、フィアンはソファに押し倒されてしまう。

なんで押し倒されたのかは、考えるまでもない。

「昨日はばたばたしていて、おまえを抱いて眠れなかったからな」

エストラルはそういうと、服を脱がせるのももどかしいと言わんばかりの性急な手つきで、フィアンの首元を飾っていたリボンを解いた。

「あ……あの……」

ボレロを肩からずらされたところでまた唇を寄せられ、フィアンの胸はとくんとときめいた。これからまた抱かれるのかと思うと、怖い気持ちと期待する気持ちが交互に押し寄せる。こんな場所でさえ、エストラルに触れられて喜ぶ自分がいる。

「んんぅ……んっ……ふ、ぁ」

唇で唇を食んで、フィアンの濡れた唇が緩く開いたところをエストラルは見逃さなかった。

舌を口腔内に挿し入れて、歯列を蹂躙する。びくん、と身を震わせたフィアンが怯んでいると一度唇が離れて、

「舌を出せ、フィアン」

低い声の命令が降ってきた。

人を従えることに慣れた物言いは、記者会見で初めて会ったときと変わりない。傲慢でいて相手を従えさせる魅力を帯びた声だ。

思わずフィアンは考えるより先に従っていた。

「ンむぅ……んっ……んんっ」

唇を塞がれた状態で舌を出すのは難しい。けれども、少し突きだしただけでエストラルの舌に搦《から》め捕られて、うまくできているかを考える余裕はなくなった。

器用に蠢く舌は、フィアンの舌のどこが感じるのかすっかりと覚えているようだ。ざらりとした舌で舌裏を擦られると、侵されているのは口腔なのに、下肢の狭間が熱くなった。

――ダメ……我慢、できない……。

フィアンは欲望に導かれるように、腕をエストラルの首に回して口付けを受け続けた。何度も思ったことだけれど、エストラルに抱きしめられたときに自分でも身を寄せると、たまらなく満たされた心地になる。背筋からぞくぞく這いあがる震えが、快楽によるものなのか、欲望が満たされたからなのか、フィアンにはもうよくわからなかった。

身を寄せると、エストラルのオーデュコロンが強く香る。

「んっ、んぅ……ンぅぅ――っは、ぁあん……」

舌腹を舌に撫でられると、ぞくんという鋭敏な快感が走って、頭の芯が甘く痺れた。

フィアンの舌が力を失うと、エストラルは今度は下唇をやさしく食みながら、手ではブラウスの上から胸を撫で回した。

「淑女の服装というのは面倒だが、その分、脱がせ甲斐があるな」

エストラルは、自分の上着を先に脱いでソファの背に掛けると、フィアンの身につけていたボレロを剥ぎ取った。

ブラウスの裾をスカートから引きだしてははだけさせると、器用にコルセットの紐を緩めてしまう。エストラルの指先が楽しそうにときおり肩胛骨《けんこうこつ》に触れるだけで、これから淫らなことをするのだと期待するフィアンの体の芯が、ずくりと熱く疼いた。

前開きのスカートのボタンを丁寧にひとつひとつ外されていくのは、ひどくもどかしい気持ちにさせられると、フィアンは初めて知った。

エストラルの手が自分の体に触れたり触れなかったりと蠢くだけで、熱っぽい息が零れてしまう。

ぱさりぱさりと音を立ててスカートとペチコートを床に落とされたあと、緩んだコルセットから、双丘を掬《すく》いだされた。

ふるり、と華奢な体つきのわりには豊かな胸が汽車の振動に震える。

その胸を両手で下から持ちあげるように揉みしだかれると、「あぁんっ」という鼻にかかった声がフィアンの唇から漏れた。

円を描くように腋窩《えきか》から胸を愛撫されると、じわじわと性感が昂ぶってくるのを感じる。触れられるうちに硬く起ちあがった胸の先に、エストラルの指先がからかうように触れた。

「ほら、わかるか？　私に触れられてここがツンと淫らに硬くなった……フィアンはかわいいな」

「わたし、かわいくなんか……あぁんっ、あっあぁっ……やぁっ、それ……ンあっ」

猥りがましい姿をかわいいと言われるのは抵抗がある。

フィアンがふるふると首を振ろうとすると、口答えは許さないとばかりに胸の先を抓まれた。

「ひゃうんっ！　あぁん、やぁ、それ……あぁ、あぁんっ！」

エストラルの手が起ちあがった赤い蕾をふにふにと潰して指先で弾くと、ぞくぞくと下肢の狭間が熱くなり、湿り気を帯びるのを感じた。

「ほらまた、そんな潤んだ目で睨む……悪いが、あんまり誘われると手加減してやれないぞ」

「ひゃあんっ、あぁ……う、嘘」

ズロースの腰紐を解いて床に落とされ、下肢の狭間に手を入れられると、秘処はすでに濡れていて、フィアンは羞恥にかぁっと真っ赤になった。

指先が淫裂を滑ると、ぞくんと腰が揺れて、たまらずにフィアンはエストラルの指を挟みこむように太股を合わせた。

「ふぁ、あぁ……殿下……あ、あのでも、き、汽車のなかですよ？」

言い訳がましいとわかっていたが、言わずにはいられない。

メリーアンの手で美しい淑女に仕立ててもらって出立したのに、いまの半裸の格好はどうだろう。

はだけたブラウスと、中途半端に解かれたコルセットを身につけているだけで、露わになった胸が揺れている。

しかし、エストラルにしてみれば、フィアンの羞恥は鼻で笑い飛ばすていどのものらしい。

「だからなんだ？　やっと自他ともに私のものになった新妻を抱くのに場所を選んでいられるか……フィアン」

胸をまさぐられながら、また唇を塞がれると、胸の奥まで甘い気持ちに満たされて、抵抗する気が失《う》せてしまう。

そんなフィアンの気持ちの変化は、肌を寄せているエストラルには手にとるようにわかるのだろう。

自分のベストを脱ぎ、スカーフを解き、上半身の洋服を次から次へと床に落としていく。

「で、殿下。服を床に落とすと、皺になってしまいますからおやめください！」

たまりかねてフィアンは叫んでしまった。皇太子であるエストラルは気にしないかもしれないが、実家では父親と兄の服を洗濯し、シャツにアイロンをかけていたフィアンとしては簡単に見過ごせない。

しかし、美貌の皇太子は慌てるフィアンをふん、と鼻で笑うと、

「フィアンが早く私をイかせたら、服を畳ませてやろう。ほら……」

そう言って、フィアンの膝を立てると、下肢の狭間に顔を埋めてしまった。

「ひぃ、あぁぁ……あっ、あぁん……あぁッ！」

先日抱かれたときも舌で陰部を舐められたが、二度目だからってこんな淫らな行為に慣れるわけがない。

まるで下肢の狭間で見知らぬ生き物が蠢いているかのような感触に、びくびくと背を仰け反らせた。

「やぁっ、殿下殿下、それは……あんっ、あっあっ……！」

エストラルに触れられるのはいつも心地よくて、キスだけでも下肢が濡れてくるくらい、簡単に快楽を呼び覚まされてしまう。なのにエストラルの舌や指先が、さらにフィアンを責めたてるから、たまったものではない。

手では太股を撫でさすられながら、敏感な柔襞を舌で嬲られると、まだ空洞のままの膣道がきゅうきゅうと収縮して、フィアンは悶《もだ》えた。

フィアンとしてはもう限界でも、身じろいだくらいでは彼が許してくれる気配はない。エストラルの舌先は淫裂のなかに入り、愛撫に膨らんだ淫芽を捉えた。とたんに鋭い快楽が背筋を駆けあがり、フィアンの体は痙攣したようにびくびくと跳ねた。

早くも達したフィアンは、頭のなかで真っ白な光が弾けたような感覚に襲われた。

「ほら、気持ちよさそうな顔をしてイけたな……いい子だ。おまえの体はお前より素直だな」

こんなことで、よくできましたと言わんばかりのキスをもらっても困る。

しかし、軽く達したばかりの体は気怠くて、抗う気力さえ湧いてこない。されるままに臍周りにもキスをされると、ぞくんとまた腰の奥が火がついたように熱くなった。

「フィアン……」

熱っぽい声で名前を呼ばれると、フィアンの頭の芯はぞくんと甘く痺れる。

まるでたちの悪い麻薬のようだ。もっともっと名前を呼んでほしくて、肌に触れたくて仕方なくなってしまう。

――初めて汽車に乗るのに、こんな淫らなことをしてしまうなんて……。

窓からのぞきこまれたらどうするのだろう。

開けた窓をちらりと見たのをエストラルに気づかれて、はっとフィアンは息を呑んだ。

「なんだ、フィアンは窓際で抱かれたいのなら、早くそう言え」

エストラルはフィアンのブラウスを剥ぎ取り、コルセットも下に落とすと、自分は逞しい上半身を晒したままトラウザーズの前を寛げた。

ソファの上で膝立ちにされると、窓の外の風景がよく見える。

指先が硬いガラスに触れ、自分が淫らな格好を外に向けてしまっていると意識させられる。

「や、やだ……殿下、お願い……わたし、こんなの……あぁんっ」

フィアンはいやいやと首を振ったのに、潤んだ蜜壺は簡単にエストラルの硬く膨らんだ肉棒を受け入れていた。

「ふぁ、あぁ……あぁんっ……や、ぁ……」

窓に広がるのは国境地帯の原野で、何度も汽車に乗っているエストラルはこのあたりに人家がないことをよく知っている。

さらに言うなら、汽車のなかは普通の人の背よりずっと高いのだ。走る汽車を外からのぞこうとしても、天井くらいしか見えないこともよくわかっていた。

けれども、初めて汽車に乗るフィアンにしてみれば、そんな知識があるわけもなく、まるで人に見られているなかで貫かれているような、そんな羞恥に晒され続けていた。

くぃっとエストラルの手で胸を摑まれ、赤くツンと尖った乳頭を窓に向けられると、なおさら耐えがたい。

自分にとってあり得ないことをさせられているせいだろう。フィアンは無意識のうちに狭隘な膣洞を貫く肉槍をきゅうきゅうと締めつけていた。

「くっ、バカ……フィアン。そんなに締めつけると、長く持たないぞ……まだ乗車時間はたっぷりあるんだからな……うぁッ」

後ろから突きあげるエストラルが苦しそうな声を漏らしても、フィアンとしてはどうすることもできない。

「やぁ、殿下、あぁんっ、あっあっ……ふぁ、ンあぁんっ！」

腰を後ろから摑まれて抽送を速められると、汽車が線路の継ぎ目を通るときの、ガタンガタンという振動も手伝って、フィアンを貫く肉槍が膣壁の感じる場所を絶妙に掠めていた。

「あっ、あぁん、ダメ。殿下、もぉ、もぉ……あぁん――ふぁ、あぁ……ッ！」

フィアンはあられもない喘ぎ声をひっきりなしにあげたかと思うと、びくびくと体を震わせた。

背筋を震えあがるような快楽が這いあがり、頭のなかが真っ白に弾ける。

体内に精を吐き出されたのをうっすら感じたフィアンは、体の芯がぞくんと収縮したのを感じた。

――殿下。殿下、大好き……。

汗ばんだ胸に背中から抱きしめられていると、エストラルの体の熱や鼓動が伝わり、しあわせな気持ちになれる。

絶頂に上りつめさせられ、ずるりとソファの背にくずおれたフィアンは、一瞬、恍惚のなかでぼんやりとたゆたっていた。

体を抱きあげられ、柔らかい場所に運ばれたことに気づくまでの間は、おそらくそう長くはなかった。

まだ、下肢には精を吐き出された残滓《ざんし》が残っていて、絶頂に上りつめさせられたあと特有の、気怠さも残っている。

「フィアン……ん……」

ぼんやりと意識を取り戻したフィアンの肌に、エストラルはちゅ、ちゅ、とあちこちにバードキスを降らせた。

肌がくすぐったくて、フィアンが裸体をくねらせると、今度は逃すまいとばかりに肌を吸いあげる。

うっすらと目を開くと、赤紫の痣《あざ》が胸に咲いているのが目に入った。

「殿下……？　それは、なに？」

「フィアンが私のお手つきだという印だ。オルエンだっておまえを狙っていたのだし、気づけば知らない男に求婚されているし、おまえから目を離すとろくなことはない」

ぶつぶつと文句を言いながらも、エストラルの唇の愛撫は胸から臍の近くに下りて、鋭敏になっていた太股の内側にまで触れた。

「んんっ……っは、ぁ……殿下ぁ、そ、こは……くすぐった…は、ふぁん……ッ！」

さっき達したばかりの体は感じるところを擦られるだけで、びくんと跳ねた。まるで、まだまだ快楽を貪り足りないと言わんばかりだ。

「フィアンの体は敏感だな……まだまだたっぷり時間はある。ゆっくりかわいがってやろう」

くふりと嫌な笑みを浮かべたエストラルが、全裸のままフィアンの膝をふたたび抱えたのを見て、はっと我に返る。

「ま、待ってください……殿下。なんかここ、振動して感じすぎて……い、いやぁああっ……あぁんっ」

フィアンが抗《あらが》いの言葉を最後まで口にできないうちに、またエストラルの肉槍に蜜壺をぐりぐりと突かれていた。

「ひゃあん、う、そ……あぁ……いま、精を出したばかりでしょう……殿下……ンンッ」

口では苦情を言っているのに、フィアンの体は大きく膨らんだエストラルの肉槍に突かれて喜んでいるらしい。

激しい愉悦が背筋をふたたび這いあがり、その堪えきれない疼きを抑えるように、フィアンはぶるりと身震いした。

「まだ、足りない……フィアン。もっともっと抱きたい……ん」

さっきと違って、覆い被さるように貫かれていたから、膝を大きく抱えられると、無理やりな姿勢でもキスができる。

名前を呼んで唇を重ねられると、それだけで頭の芯に甘い蜂蜜を流されたかのように蕩かされてしまう。

唇を吸われ、うっとりとさせられたフィアンにエストラルは言葉を続けた。

「本当なら、私と結婚したフィオーヌ王女は最低でもふたりは子どもを産んで、神聖ゴード帝国とランス公国でひとりずつ跡取りとして引き取ることになっていた。その話はもう無効だが、子どもなんていくらいても構わないからな……フィアン。たくさん私の子どもを産んでくれるだろう？」

にやりと口角を上げて人の悪い笑みを浮かべたエストラルは、蠱惑的《こわくてき》でいてとても危険だ。

フィアンはまるで首根っこを押さえられた草食動物のような心地になり、ごくりと生唾を呑みこんで、情欲を滾《たぎ》らせたエストラルの瞳を見上げた。

「た、たくさんの子どもを産むということはつまりたくさん殿下に抱かれるってことで……わわっ、お、お待ちくださ……ひゃ、あぁ！」

大きく太股を開かされた格好で腰を引かれ、また打ちつけるように肉槍を穿たれて、びくんびくんとフィアンは背を仰け反らせた。

「あぁんっ、やぁ……激しいの、む、りです……あっあっ……！」

体を半ば起こすように抱きしめられると、抽送の角度が変わり、感じるところを掠めた。

甲高い嬌声がひっきりなしにフィアンの口から迸《ほとばし》り、上気した肌がまた汗ばんでくる。

「それにそろそろ殿下と呼ばれるのは飽きた……エストラルだ。街ではその呼び方をしたらキスひとつと言うことにしたが、殿下と呼んだらその都度、即座に抱いてやるからな、フィアン」

「即座にって……ええっ、ン、あぁんっ、やぅ……あっあぁんっ……！」

――宿屋の窓際で抱かれたり、汽車のなかで抱かれるのはもういやです！

フィアンの心の叫びは、けれどもエストラルには届かなかった。しかもずっと喘がされたせいで、汽車を降りるとき、フィアンの声はすっかり掠れてしまっていた。

「でん、かの、ばかぁっっ！」

帝都のプラットフォームに下りたフィアンは涙目になりながら、エストラルを睨みつけた。どうにか淑女の格好を整えてはいたものの、ずっと抱かれていたせいで腰はいまにも抜けてしまいそうだ。

それでも震える足で意地になって歩いていたのだが、段差に躓《つまず》いたところをエストラルに抱き留められ、そのまま腕に抱えられてしまった。

「線路の上に落ちたら危ないからな……フィアンは俺の腕のなかにいろ」

そんな言葉を真顔で言われて、うれしいかうれしくないかで言えばうれしいのだが、ほかの乗客の視線が痛い。

まだ新聞記事を読んでいない神聖ゴード帝国の客からすれば、皇太子の腕に抱かれている娘はいったいなんだということになる。

「殿下、殿下……い、いやです。歩けますから下ろしてください！」

手脚をじたばたさせて訴えたけれど、エストラルはにっこり笑ってこう言っただけで、フィアンを腕から解放してはくれなかった。

「また殿下と言ったから、今夜は新妻を寝かせるわけにはいかないみたいだな」

その言葉にフィアンの顔は真っ赤になったり真っ青になったり、忙しい。

「え、エストラル……の、ばかぁっ……！」

掠れた声で罵られて、皇太子は蕩けた顔で腕のなかの妻に口付ける。

「ンンぅ……ん……」

いま怒ったばかりなのに、エストラルにキスをされた瞬間、いまはもう遠く離れているはずの大聖堂の鐘の音が聞こえた気がした。

唇を重ね合わせるキスをすると、いつも結婚式のときのことを思い出してしまう。

離れたくないとばかりに唾液が糸を引いて唇が離れていくと、翠玉の瞳と目が合って、すぐに許してしまうのだ。

「こんな、ところかまわずイチャイチャする新婚カップルのお守りなんて、やってられませんね……」

フィアンを抱いた皇太子のすぐ後ろを歩くオルエンひとりが、呆れ顔をしていた。

エピローグ　皇太子殿下の溺愛花嫁

数奇な運命に翻弄され、市井で育てられた双子の王女――。

その片割れとして、フィアンは神聖ゴード帝国に迎え入れられた。

エストラルがランス公国で記事を書かせて新聞をばらまいたように、帝国でも周到に話を広めていたのだ。

街で育った王女と揶揄《やゆ》する貴族もいたが、エストラルから先に話を聞いていた皇帝夫妻は歓迎してくれ、フィアンを守ってくれた。

どうやら皇后は、別々に暮らすのではなく、フィアンが帝国に来てくれたことがエストラル以上にうれしいらしい。

「女の子はやっぱりいいわねぇ……息子は生意気だし、娘も口答えが多いけど、やっぱり女の子は華やかな服を着せられていいわ」

「フィアン……母上からの要望はほどほどでいいぞ。きりがないからな！　苦労して手に入れた嫁を母上に取られたらかなわんではないか」

母親に負けてなるものかと、エストラルは次から次へと皇后からやってくるフィアンへのお誘いのいくつかを間引いているらしい。

ランス公国にいたときよりもフィアンへの過保護っぷりが過剰になっているような気がして、悪い気はしないのだけれど、ときどき苦笑いしてしまう。

「殿下……エストラル。その、わたしはもうどこにも逃げませんよ？」

「おまえが逃げる逃げないの問題ではない。母上との勝負なのだ、これは」

エストラルの腕のなかに収まったフィアンが、なにをそこまでと思っていると、いまだ腹の虫が治まらないらしい旦那さまにきっぱりと言われてしまった。

意地になっているエストラルは子どもっぽいと思うが、そんなところもフィアンは好きだった。

——もしかしてこれが、殿下と皇后陛下のコミュニケーションというやつなのかしら。

嫁の立場ではわからない親子の絆《きずな》なのかもしれないと、懐かしく父親のデニスと兄のギャロンのことを思いながら、口出しを控えることにした。

そんなふうにフィアンは帝国でしあわせに暮らしている。

礼儀作法を教えてくれたフィオーヌ王女には、いまとなっては感謝していた。

慣れない宮廷暮らしに落ちこむこともあるけれど、そんなときはエストラルが目敏《めざと》くフィアンの変化に気づいては甘やかしてくれる。

「おまえは私が選んだ花嫁だ……フィアン。もっと選ばれたという自信を持つがいい。パサージュのミステリーツアーに私を案内してくれたときのおまえはもっと生き生きしていたぞ？」

そんなふうに言われると、落ちこんだ気持ちがすぐに浮上するのは、我ながら単純だとフィアンは思う。

それでも、エストラルの腕に抱かれていると、これからどんな大変な目に遭おうとも頑張れるような気がしてくるのだった。

「大好きです……エストラル」

にっこりと微笑んで思いの丈を伝えると、旦那さまの端整な顔が近づいて、ちゅっと唇に啄むようなキスが新妻に降ってきたのだった。

あとがき

藍杜雫《あいもりしずく》です。乙女系小説としては十九作目、ガブリエラ文庫さまでは初めての本になります。え、あれ？　今回あとがき一頁？　なんだかんだ本文詰めこんじゃった？　と驚きつつ……。

今回のお話は、『王女にそっくりなヒロインが身代わり結婚の相手と街で再会。皇太子に妻として愛されてしまう⁉』――そんなシンデレラ・ロマンスです。身代わり結婚もは乙女系では人気の題材のはずが、実はあいもり書くの初めてでした。びっくり。身代わりがバレそうになるどきどきはらはらと、意外とヒロインに甘い皇太子とのいちゃいちゃを楽しんでいただければさいわいです。イラストは旭炬先生が怜悧なヒーローとかわいいヒロインを描いてくださいました。ありがとうございます。

担当さまをはじめ、この本に関わってくださった全ての方に厚く御礼申し上げます。本を置いてくださる本屋さんなどなども。最後にお手にとってくださった読者さまに多大な感謝を！

よろしければ感想をいただけるとうれしいです。ええ、本当によろしければ！　こそっと呟いてくださるのでも！　※感想くれくれアピール（笑）

このところ後書きのページ数が短いので文字を詰めこみました（笑）

藍杜　雫〔http://aimoriya.com/〕

ガブリエラ文庫

MSG-053

皇太子殿下の秘密の休日

身代わりの新妻とイチャイチャ逃避行!?

2017年10月15日　第1刷発行

著　者　藍杜 雫　ⒸShizuku Aimori 2017

装　画　旭炬

発行人　日向 晶

発　行　株式会社メディアソフト
〒110-0016　東京都台東区台東4-27-5
tel.03-5688-7559　fax.03-5688-3512
http://www.media-soft.biz/

発　売　株式会社三交社
〒110-0016　東京都台東区台東4-20-9　大仙柴田ビル2F
tel.03-5826-4424　fax.03-5826-4425
http://www.sanko-sha.com/

印刷所　中央精版印刷株式会社

●定価はカバーに表示してあります。
●乱丁・落丁本はお取り替えいたします。三交社までお送りください。(但し、古書店で購入したものについてはお取り替え出来ません)
●本作品はフィクションであり、実在の人物・団体・地名とは一切関係ありません。
●本書の無断転載・複写・複製・上演・放送・アップロード・デジタル化を禁じます。
●本書を代行業者など第三者に依頼しスキャンや電子化することは、たとえ個人でのご利用であっても著作権法上認められておりません。

藍杜雫先生・旭炬先生へのファンレターはこちらへ
〒110-0016　東京都台東区台東4-27-5
(株)メディアソフト ガブリエラ文庫編集部気付 藍杜雫先生・旭炬先生宛

ISBN 978-4-87919-376-6　Printed in JAPAN

この作品はフィクションです。実在の人物・団体・事件などには関係ありません。

ガブリエラ文庫WEBサイト　http://gabriella.media-soft.jp/

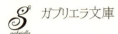